Emely – voll im Freundschaftschaos!

In der Lesegören-Reihe von Patricia Schröder bisher erschienen:
Emely – total vernetzt!
Emely – absolut verstrickt!
Emely – voll im Freundschaftschaos!

Patricia Schröder, 1960 geboren, lebt mit ihrem Mann und einer Handvoll Tieren auf einer Warft an der Nordsee. Ihr »richtiger« Beruf ist Textildesignerin, noch lieber aber als Muster für Blusen, T-Shirts oder Krawatten denkt sie sich Geschichten für junge Mädchen aus, und so hängte sie ihren ersten Beruf vor einigen Jahren kurzerhand an den Nagel. Inzwischen gehört sie zu den erfolgreichsten und beliebtesten deutschen Kinder-und Jugendbuchautorinnen.

Mehr über unsere Bücher, Autoren und Illustratoren auf:
www.planet-verlag.de

LESE GÖREN

Patricia Schröder

EMELY –
voll im Freundschafts-chaos!

PLANET!

selbst drauf gekommen.« Sie schließt kurz die Augen und wirft Kussmündchen in die Luft. »Capito?«

Ich schüttele energisch den Kopf. »Das kann sie nicht machen! Sollen sie doch in den Park gehen, wenn sie knutschen wollen. Oder ins Freibad.«

»Dasselbe habe ich auch vorgeschlagen«, brummelt Anna.

»Aber?«

»Sarah meinte, dass ich ja wohl echt hinterm Mond lebe. Und dass nur Oldies im Park oder im Schwimmbad rumknutschen, und dass das ja wohl voll peinlich wäre, wenn sie und Jan das täten. Außerdem darf das auch gar keiner wissen.«

»Was?«, frage ich verdattert. »Dass sie knutschen?«

»Nein, dass sie zusammen sind.«

»Tut mir leid, aber das verstehe ich jetzt wirklich nicht.«

Inzwischen haben wir den Unterstand erreicht. Anna kramt ihren Schlüssel hervor und öffnet das Kettenschloss an ihrem Fahrrad, mit dem auch mein Skateboard befestigt ist.

»Angeblich sind Sarahs Freundinnen alle hinter ihm her«, erklärt sie, während sie mir mein Brett entgegenhält.

Ich nehme es ihr ab und klemme es unter meinen Arm.

»Na und?«, entgegne ich schulterzuckend.

»Sie haben sich was geschworen.«

»Aha … Und was?«

Meine Freundin grummelt etwas Unverständliches.

»Es ist einfach nur peinlich«, meint sie dann etwas deutlicher, wickelt die Kette um die Sattelstange und hievt ihr Fahrrad aus dem Ständer. »Eigentlich mag ich gar nicht drüber reden. Wenn ich mir vorstelle, dass ich mir das jetzt womöglich jeden Tag anhören darf …« Sie bricht ab und macht eine unwillige Geste.

»Was denn?«, frage ich genervt. »Mensch, Anna, jetzt lass dir doch nicht jeden Wurm einzeln aus der Nase ziehen!«

»Also gut«, erwidert sie. »Dann sperr deine Ohren mal schön weit auf. Ich will das nämlich nur ein einziges Mal erzählen müssen.« Sie atmet tief ein und stößt dann mit dem Ausatmen hervor: »Sarah und ihre Freundinnen haben sich geschworen, dass sie Jan bis in alle Ewigkeit gemeinsam anschmachten und irgendwann an gebrochenen Herzen sterben werden.«

»Ist nicht dein Ernst!«

»Nee«, brummt Anna. »Meiner ganz bestimmt nicht. Aber Ronja, Larissa, Caro und Sarah haben sich das hoch und heilig beim Leben ihrer Mutter in einer Vollmondnacht versprochen. Sie haben sich sogar die gleichen Ringe gekauft und innen ein J eingeritzt, zum Zeichen dafür, dass Jan ihnen *allen* gehört.«

»Ts!«, mache ich. Jetzt bin ich diejenige, die sich gegen die Schläfe tockt. »Die haben ja wohl 'n Sockenschuss.«

»Allerdings«, bestätigt Anna. »Und was denkst du wohl, was los ist, wenn rauskommt, dass Sarah sich mit dem bloßen Anschmachten nicht mehr zufriedengeben wollte und vor drei Wochen etwas Richtiges mit Jan angefangen hat!«

»Wow! So lange geht das schon?«, staune ich.

»Jep.« Meine Freundin nickt. »Sarah hat kaum noch Zeit für etwas anderes, als Jan und ihre drei Freundinnen aneinander vorbeizuorganisieren. Denn natürlich soll auch Jan nicht wissen, dass er gar nicht mit Sarah zusammen sein darf.«

»So ein Schwachsinn«, sage ich, stelle mein Skateboard auf den Boden und setze einen Fuß darauf. »Sie gehen nicht zufällig in eine Klasse?«

»Das nicht«, erwidert Anna und schiebt ihr Fahrrad langsam in Richtung Straße, »aber in dieselbe Schule. Jan ist eine Stufe über ihnen. In der Zehnten.«

Ich stoße mich mit dem anderen Fuß ab und rolle auf meinem Brett neben meiner Freundin her.

»Am besten kaufst du dir Ohrstöpsel, damit du dir das Theater nicht stundenlang mit anhören musst«, rate ich ihr. »Die Dinger gibt's im Drogeriemarkt. Und in der Zeit, in der Sarah sturmfrei haben möchte, kommst du eben einfach zu mir.«

Anna schüttelt den Kopf. »Als ob das der Punkt wäre!«

»Weiß ich doch.« Ich lege meine Hand auf ihre Schulter und lasse mich von ihr ziehen. »Ehrlich gesagt ist es bei mir im Moment auch nicht sooo wahnsinnig gemütlich.«

»Wieso? Was ist denn los?«

»Teo hockt mir ständig auf der Pelle«, seufze ich.

Annas Augenbrauen wandern nach oben und verschwinden unter ihrer roten Ponylocke. »Ach nee! Seit wann denn das?«

»Seit … Ach, keine Ahnung!«

Anna schüttelt meine Hand ab und stoppt ihr Fahrrad, woraufhin ich ein wenig aus dem Gleichgewicht gerate und fast vom Skateboard rutsche. In letzter Sekunde fange ich mich ab und bringe das Brett ohne die üblichen Emely-typischen Schussel-Komplikationen zum Stehen.

Früher hätte Anna in so einer Situation einen hysterischen Anfall bekommen und mich gezwungen, mein Brett bis zur

U-Bahnstation zu tragen, aber seitdem wir zusammen im Abenteuercamp waren, hat sich ihre übertriebene Sorge um mich zum Glück gelegt. Dafür durchbohrt sie mich nun geradezu mit ihrem Blick.

»Wieso erzählst du mir das nicht?«, will sie wissen.

»Tu ich doch!« Nämlich jetzt. »Außerdem ist es ja nun wohl auch nicht sooo wahnsinnig interessant.«

»Hm«, macht Anna nur und schiebt ihr Rad weiter.

»He, jetzt warte doch mal!«, rufe ich ihr nach, als vom Schulgebäude ebenfalls ein »Heee!« zu uns herübertönt. Im nächsten Moment kommt Maylin um die Ecke geschossen und rast mit ausgebreiteten Armen auf uns zu. »Ich muss euch was erzäääählen!«, brüllt sie.

Ihre blonden Haare flattern im Wind, und ihr Mund ist zu einem breiten Grinsen verzogen.

May winkt mit beiden Händen, und die bunten Perlen des dunkelblauen Armbands, das wir ihr zum Zeichen unserer Freundschaft geschenkt haben, glitzern im Sonnenlicht. Anna hat es selber geflochten, und logischerweise zieren auch unsere Handgelenke solche Bändchen. Anders als Maylin tragen wir sie allerdings nicht immer, und deshalb sieht ihres an manchen Stellen schon ein wenig mitgenommen aus.

Anna hält ihr Fahrrad wieder an, und ich schließe zu ihr auf. Gemeinsam blicken wir unserer Klassenkameradin entgegen.

»Was zieht ihr denn für 'n Flunsch?«, fragt May kopfschüttelnd, als sie endlich vor uns steht. »Ist jemand gestorben?«

»Nee«, sage ich. »Bloß der übliche Geschwister-Trouble.«

»Seid lieber mal froh, dass ihr welche habt«, erwidert Maylin. »Ganz ohne ist nämlich auch blöd.«

»Das kann ja sein«, brummelt Anna. »Im Augenblick hätte ich allerdings gerne mal für eine Weile Schwestern-Pause.«

»Oder ein eigenes Zimmer«, werfe ich ein.

Anna nickt. »Das wäre sowieso das Allerbeste.«

»Na ja, also mir nützt es gerade auch nix«, gebe ich zurück. »Selbst wenn ich abschließe, bollert Teo so lange gegen meine Tür, bis ich ihn reinlasse.«

»Was will er denn eigentlich ständig von dir?«, erkundigt sich Anna.

»Keine Ahnung«, erwidere ich schulterzuckend. »Er verfolgt mich auf Schritt und Tritt. Stellt blöde Fragen … was ich gerade mache … wie es mit dem Blog läuft … und dass er mir unheimlich gern beim Mützenhäkeln zugucken möchte.«

»*Was?*« Anna prustet los.

»Ja, stell dir vor! Gestern hat er sogar behauptet, dass er mir astreine Tipps geben könnte!«

»Das ist doch eigentlich ganz nett«, meint May.

Hallo!

»Denkst du etwa, dass er neuerdings Strickmusterhefte liest?«, erwidere ich kopfschüttelnd. »Außerdem textet er mich mit irgendwelchen Geschichten zu, die ich gar nicht hören will.«

Maylin betrachtet mich forschend. »Zum Beispiel?«

»Ach, über irgendwelche Filme, die er toll findet, und was er mit seinen Kumpels erlebt.« Ich ziehe eine Grimasse. »Lauter uninteressantes Zeug.«

»Vielleicht möchte er euer Kriegsbeil begraben«, überlegt Anna.

Na, besten Dank!

Maylin nickt eifrig. »Und weiß bloß nicht, wie er das anstellen soll!«

»So klappt es jedenfalls nicht«, brumme ich. »Im Gegenteil. Davon abgesehen glaube ich das auch nicht.«

Anna schiebt ihre Unterlippe vor.

»Wie lautet denn deine Theorie?«, erkundigt sie sich.

»Pfff«, mache ich. »Wahrscheinlich ist ihm einfach nur langweilig. Jungs wissen ja manchmal echt nichts mit sich anzufangen.«

Und dann quälen sie Tiere oder nerven ihre Schwestern.

»Frag ihn doch einfach«, schlägt Maylin vor.

»Ja, klar!« Ich tippe mir eine Delle in die Schläfe. »Damit er mir gar nicht mehr von der Pelle weicht, oder wie? Außerdem würde er mir sowieso nicht die Wahrheit sagen.«

May runzelt die Stirn. »Wieso bist du dir da so sicher?«

»Wieso? Wieso?«, entgegne ich ungeduldig. »Vermutlich weil ich ihn seit zwölf Jahren kenne. Ich weiß, wie er tickt.«

»Und wenn er seine Meinung über dich geändert hat?«, hakt Maylin nach.

»Dann ist das sein Problem«, brumme ich.

May zieht die Mundwinkel ein und nickt halbherzig, während Anna ihren Blick nach unten richtet und unschlüssig mit der Schuhsohle über den Boden schabt. Und plötzlich komme ich mir selber dämlich vor.

Vielleicht haben meine Freundinnen ja recht, und ich sollte zumindest in Erwägung ziehen, dass Teo sich in irgendeiner Weise positiv entwickelt hat und mir das bisher einfach bloß entgangen ist. Aber selbst wenn es so wäre, kann wohl kaum einer von mir verlangen, dass ich von jetzt auf gleich eine hundertachtzig Grad Kehrtwende hinlege. Von so etwas kann einem nämlich verdammt schwindelig werden.

»Ich hatte noch nie große Lust, mit ihm zu reden«, füge ich also knurrend hinzu. »Schon vergessen?«

»Nee«, sagt Anna und hebt seufzend den Kopf. »Ich find ihn ja auch nervig. Aber längst nicht so schlimm wie meine oberpeinliche Schwester.«

Maylins Blick, der die ganze Zeit zwischen uns hin- und hergewandert ist, bleibt nun auf Anna kleben.

»Wieso? Was ist denn mit Lea?«, erkundigt sie sich.

»Die wühlt ständig in meinen Sachen rum«, erwidert Anna. »Aber das ist ja nix Neues.« Sie stößt einen drei Kilometer langen und zehn Kilogramm schweren Seufzer aus. »Diesmal geht es um Sarah.«

»Okaaayyy …?«

May biegt sich wie ein Fragezeichen, und Anna muss die ganze Geschichte mit Ronja, Larissa, Caro, Jan und dem bescheuerten Ringschwur nun doch noch einmal erzählen.

»Und jetzt raus mit der Sprache«, fordert sie Maylin am Ende auf: »Wen findest du nerviger: Sarah oder Teo?«

»Pfff«, macht May. »Weiß ich echt nicht. Leiht mir die beiden doch einfach mal aus«, schlägt sie giggelnd vor.

»Kein Thema«, sage ich. »Meinetwegen kannst du Teo behalten, bis er alt und runzelig ist.«

Doch Maylin winkt sofort ab. »Besser nicht«, meint sie. »Was Mädchen angeht, können Jungs ziemlich unberechenbar sein. Wahrscheinlich würde dein Bruder sich Hals über Kopf in mich verlieben.«

»Ähm …«, sage ich. Mehr fällt mir dazu auf die Schnelle nicht ein.

Anna reagiert etwas energischer.

»Ganz bestimmt nicht«, erwidert sie. »Sich verlieben passiert doch nicht einfach so zack, zack.«

»Doch«, behauptet Maylin. »Ich zum Beispiel habe mich heute Morgen während der Englischstunde in Julius verliebt. Und das ging so was von zack, zack, Mädels. Zuerst hab ich gar nichts kapiert, und eine Sekunde später wär mir fast das Herz aus der Brust gehüpft.«

Anna bläht die Backen, und auch mir hat Maylins Eröffnung glatt die Sprache verschlagen. Dabei kann ich mir das mit dem Sich-von-einer-Sekunde-auf-die-andere-Verlieben bei vollem Einsatz meiner Fantasie ja noch irgendwie vorstellen – aber doch nicht in Julius!

»Wie konnte denn das passieren?«, stammele ich, nachdem ich mich wieder daran erinnert habe, wie Sprechen funktioniert.

»Na ja …« May grient wie ein Honigkuchenpferd, das man mit Schokolade übergossen, einem Sahnehäubchen gekrönt und einer pinkfarbenen Zuckerkirsche getoppt hat. »Eben einfach so. Das ist ja das Irre!«

»Aha …« Anna wirft mir einen unschlüssigen Blick zu. »Ähm … und … äh, wieso? Was hat Julius denn gemacht?«

Maylin zuckt die Achseln. »Geguckt.«

»Wie … geguckt?«, frage ich irritiert. »Ich meine, gucken tut doch jeder.«

»Ja, aber nicht so wie Julius«, erwidert May. »Er guckt eben besonders. Irgendwie nett.«

»Julius?« Ich sehe, wie Annas Zeigefinger in Richtung Stirn schnellt. Bevor er jedoch dort ankommt, scheint sie sich zu besinnen und lässt ihre Hand hastig wieder sinken. »Aber der war noch nie nett zu dir.«

Ganz im Gegenteil sogar! Gerade Julius hat sich Maylin gegenüber alles andere als freundlich benommen. Wenn es darum ging, sich über ihre Angewohnheit, Stifte abzunagen und sich dabei bunte Punkte und Striche um den Mund zu malen, lustig zu machen, war Julius immer an vorderster Front mit dabei. Meistens ist es sogar von ihm ausgegangen.

»Man kann sich doch nicht in seinen Feind verlieben«, betone ich.

»Natürlich kann man das«, gibt Maylin kopfschüttelnd zurück. »Ich bin ja wohl der lebende Beweis dafür! Oder glaubt ihr mir etwa nicht?«

»Klar tun wir das«, beeile ich mich, gleich für Anna mit zu antworten. »Trotzdem könnte es doch sein, dass du uns gerade ganz schön auf den Arm nimmst, oder?«

»Quatsch! Außerdem ist Julius nicht mein Feind«, bekräftigt May. »Ich glaube sogar, dass er sich verändert hat.«

»Dann hat er dich heute Morgen in der Englischstunde also nett angeguckt?«, taste ich mich vor, denn noch begreife ich ehrlich gesagt nicht, was da in May gefahren ist.

Vielleicht hat es in ihrem Gehirn einen Kurzschluss gegeben, oder in ihrem Blut waren zu viele Hormone unterwegs.

»Doch nicht *mich*!«, erwidert May entrüstet. »Sondern aus dem Fenster.« Jetzt schaut sie plötzlich so, als hätte sie eine ganze Kilo-Packung Zucker auf einmal gefuttert. »Richtig verträumt hat er ausgesehen. Sooo süß!«

Dacht ich's mir doch: Zuckervergiftung!

Anna und ich werfen uns einen verstohlenen Blick zu.

»Und wie fühlt sich das jetzt an … das In-Julius-verliebt-sein?«, fragt sie und zieht eine Zitronen-Regenwurm-Spinnenbein-Gulasch-Grimasse.

»So als ob man seine Finger und die Zehen gleichzeitig in eine Steckdose gesteckt hätte«, kommt es wie aus der Pistole geschossen von Maylin.

»Dann wärst du jetzt tot«, stelle ich nüchtern fest.

»Jaaa, genau so ist es!«, jubelt sie und hüpft wie ein Pingpongball auf und ab. »Nicht so richtig tot, aber immer kurz davor.«

Na, besten Dank! Auf so etwas kann ich gut verzichten! Und spätestens, wenn Julius sich das nächste Mal über May lustig macht, wird dieses Gefühl auch bei ihr schlagartig wieder vorbei sein. Wobei ich allerdings eingestehen muss, dass sein Spott deutlich nachgelassen hat, seitdem die Fotos vom Wildcamp in unserer Klasse herumgegangen sind. Maylin ist nämlich eine ziemlich geschickte Kletterin und hat damals im Hochseilgarten den Profi-Parcours mit Bravour gemeistert.

»Julius liebt mich übrigens auch«, quietscht sie jetzt.

»Woher weißt du das?«, stoße ich aus, und Anna präzisiert: »Hat er dir das etwa gestanden?«

»Hallo!« May sieht uns an, als wären bei uns nicht alle Gehirnzellen am richtigen Platz. »Dafür ist er doch viel zu schüchtern!«

Ich will sie gerade fragen, ob wir hier auch wirklich von ein und demselben Julius sprechen, da fährt sie auch schon fort:

»Ich habe es daran gemerkt, dass er mir immer ausgewichen ist. Jedes Mal wenn ich ihn angeguckt habe, hat er sich blitzschnell weggedreht. Aber zum Glück konnte ich mich an ihn ranschleichen und ihm einen Brief in den Rucksack stecken.«

»U-und was hast du ihm geschrieben?«, will Anna wissen.

»Dass ich ihn liebe und ihn heute Nachmittag um halb vier vorm Kino treffen möchte«, erwidert May. »Und für euren Sarah-Teo-Trouble ist mir übrigens gerade auch eine Lösung eingefallen.«

Eine unangenehme Begegnung und ein kleiner Schwindel

Natürlich haben Anna und ich heftig protestiert. Dabei ist Maylins Vorschlag eigentlich gar nicht mal so schlecht.

Inzwischen sitze ich in der U-Bahn und überlege, was ich heute zu Mittag essen soll. Seitdem Pops ausgezogen ist und Oma Berlin fast drei Monate bei ihm an der Nordsee verbracht hat, ist von unseren früheren Mittagstischgewohnheiten kaum noch etwas übrig geblieben. Zwar hat Opa Berlin mittlerweile gelernt, wie man Pfannekuchen zubereitet, allerdings hat er nur alle zwei Wochen Lust, meinen Bruder und mich zu bekochen. Montags und mittwochs essen wir nach wie vor zu Hause. Dienstags fahre ich meistens zu Moms ins *Dress 'n Veggies*, während Teo sich den Bauch bei einem seiner Kumpels vollschlägt. Am Donnerstag verhält es sich dann genau umgekehrt. Da fahre ich in der Regel nach der Schule gleich mit zu Anna. An den Freitagen versorge ich mich selbst, was bedeutet, dass ich fast immer bei meiner Mutter im *Veggies* lande. Und so ist es auch heute geplant.

Doch dann kommt alles anders.

Die U-Bahn rollt gerade in den Hauptbahnhof ein. Ich stehe von meinem Platz auf, klemme mir das Skateboard unter den Arm und steuere auf die nächste Tür zu, da entdecke ich Jonathan, der Hand in Hand mit einem Mädchen über den Bahnsteig schlendert.

Reflexartig ducke ich mich hinter die sitzenden Fahrgäste und linse zwischen ihnen hindurch auf das Bahnhofsgelände hinaus.

Normalerweise müsste Jona in diesen Zug steigen – tut er aber nicht!

Er und das Mädchen bleiben stehen. Sie reden kurz miteinander, dann küssen sie sich auf den Mund. Einmal. Zweimal. Dreimal … Beim vierten Mal saugen sich ihre Lippen so sehr aneinander fest, dass sie sie gar nicht mehr auseinanderbekommen.

Ein fieser Stich fährt mir in die Brust. Eigentlich will ich das nicht, aber plötzlich bin ich tierisch sauer.

Seit den Herbstferien weiß ich, dass mein bester Kumpel Jona eine Freundin hat: Birke.

Gesehen, geschweige denn getroffen, habe ich sie bisher allerdings noch nicht, dabei hatte Jonathan sie mir eigentlich gleich nach meiner Rückkehr aus dem Wildcamp zeigen wollen. Heimlich, versteht sich. Schließlich durfte Birke nicht wissen, dass der beste »Freund« ihres Freundes ein Mädchen ist. Jona befürchtete nämlich, dass sie es in den falschen Hals bekommen könnte. Meine Meinung über sie sei ihm aber trotzdem wichtig, hatte er mir damals gesagt, es sich dann aber ziemlich schnell wieder anders überlegt. Mittlerweile habe ich sogar das Gefühl, dass er sie absichtlich vor mir versteckt.

»Vielleicht hat er Schiss, dass du sie ihm ausredest«, hat Anna vor ein paar Wochen gemeint, und genau diese Worte wirbeln auch jetzt in meinem Kopf herum.

»Du bist ein Feigling, Jona«, murmele ich, und ehe ich mich's versehe, bin ich durch die Tür auf den Bahnsteig hinausgeschlüpft.

Langsam gehe ich auf die beiden zu, und mit jedem Schritt klopft mein Herz ein bisschen fester.

»Passt bloß auf, dass ihr nicht aneinander festwachst«, rutscht es mir heraus, dabei hatte ich mir eigentlich genau überlegen wollen, was ich sage. Und DAS wäre ganz bestimmt nicht in die engere Auswahl gekommen.

Jonathan reißt die Augen auf. Erschrocken starrt er mich an.

Hastig löst er sich von Birke, und nun wirbelt auch sie zu mir herum.

»Wie bist du denn drauf?«, blafft sie und mustert mich abschätzig aus großen, seltsam weit auseinanderstehenden braunen Augen. »Etwa neidisch, oder was?«

»Quatsch«, blaffe ich zurück.

»Ähm …«, stammelt Jonathan. »Ähm … das ist Emely. Eine ähm … Bekannte.«

Pfff! Ich glaub, ich bin im falschen Film. Zornig röste ich meinen *Bekannten* – haha, sehr lustig, Jona! – mit meinem Blick.

»Und das hier ist Birke, meine Freundin«, beeilt er sich hinzuzufügen.

»Hallo, Birke«, presse ich möglichst freundlich hervor.

Hallo, Bäumchen, hätte mir eigentlich besser gefallen. Und am liebsten hätte ich gleich noch behauptet, dass ich eine schreckliche Allergie gegen Birkenpollen hätte. Aber das wäre erstens gelogen gewesen und hätte zweitens höchstwahrscheinlich dazu geführt, dass Jona noch dreimal saurer auf mich geworden wäre, als ich es bereits auf ihn bin. Und das will ich auf keinen Fall. Außerdem bin ich gerade viel zu sehr damit beschäftigt, Birkes knallorangefarbenes Top anzuglotzen, beziehungsweise das, was sich darunter in doppelter Tennisballgröße wölbt.

»Hi«, erwidert sie lässig und streckt ihre Tennisbälle noch ein Stück weiter heraus. »Woher kennt ihr euch?«

»Vom Skateplatz«, antworte ich schnell, bevor mein bester Kumpel irgendetwas anderes behaupten kann.

»Oh!« Für einen Moment ziehen sich Birkes komische Augen zu schmalen Schlitzen zusammen. Irritiert wendet sie sich Jonathan zu. »Du fährst Skateboard?«

Er schüttelt den Kopf. »N-nein, i-ich …«, beginnt er, doch ich lasse ihn nicht zu Ende stottern.

»Er hat ein BMX-Bike!«, platzt es geradezu aus mir heraus.

Jetzt guckt Jona noch entsetzter. Mit weit aufgerissenen Augen sieht er mich geradezu beschwörend an.

Alles klar, Schnellmerk-Schussel-Emely!

Das hätte ich also lieber nicht sagen sollen. Und mit einem Schlag begreife ich, wieso ich meinen besten Kumpel in den letzten Wochen – und Monaten! – so selten in Begleitung seines geliebten Bikes angetroffen habe. Wegen Birke! Denn die steht offenbar absolut nicht darauf.

»Also … früher jedenfalls«, setze ich hastig hinzu. »Wir kennen uns ja schon ewig.«

»Aha«, sagt Birke. Sie wirft ihre kinnkurzen lockigen Haare zurück und verzieht ihren kleinen kirschroten Mund zu einer Schnute. »Wie ewig denn?«, will sie wissen.

»Pfff … also …«

Als hätten wir es einstudiert, heben Jona und ich gleichzeitig die Schultern und werfen uns einen unschlüssigen Blick zu.

»Schon ziemlich lange«, sage ich zögernd.

Jonathan nickt. »Mhm, 'n paar Jahre.«

»Wart ihr etwa mal zusammen?«, fragt Birke scharf.

»Quatsch!«, kommt es wie aus der Pistole geschossen von Jona.

Das stimmt natürlich. Wir sind immer nur beste Kumpel gewesen, und wir wollten auch nie etwas anderes sein. Allerdings hätte er es auch ein bisschen feinfühliger ausdrücken können. Schließlich bin ich kein ausgestopfter Pinguin, sondern ein Mensch aus Fleisch und Blut!

»Emely ist einfach bloß eine Art alte Bekanntschaft aus meiner BMX-Zeit«, setzt er jetzt auch noch mit einem gleichmütigen Achselzucken hinzu.

Vielen Dank, Jonathan. Ein Fausthieb gegen die Brust wäre auch nicht viel besser gewesen.

Ein brodelndes Gemisch aus Empörung und Enttäuschung kocht in mir hoch. Ich hätte nicht übel Lust, ihm einen Rippenstoß zu verpassen, aber das würde wahrscheinlich alles nur noch schlimmer machen. Trotzdem habe ich große Mühe, meine Hände ruhig zu halten.

»Und sie fährt immer noch mit so einem albernen Brett durch die Gegend?«, meint Birke abfällig und deutet auf mein Skateboard.

»Na ja, eigentlich kann sie das ganz gut«, erwidert Jona. »Und *so* albern ist Skaten nun auch wieder nicht.«

»Also, ich find's blöd«, gibt Birke schnippisch zurück. »Und ihr's ist ja noch nicht mal hübsch.«

»Tja, Schwarz ist nun mal meine Lieblingsfarbe«, brumme ich und werfe das Brett mit einer coolen Geste zu Boden. Ich setze meinen Fuß darauf, nehme kräftig Schwung und winke Jona über die Schulter hinweg lässig zu: »Bis dann mal, alter Bekannter!«

»Vorsicht, Em!«, höre ich ihn noch rufen, als mein Skateboard jäh gestoppt wird. Einen Lidschlag später hänge ich bäuchlings über einem Abfallbehälter, während mein Brett sich bereits wieder auf dem Rückweg zu Jona und Birke befindet.

Verdammter Mist! Wo kommt dieses Mülldings bloß auf einmal her? Und wieso kann ich nicht wenigstens in den Situationen, wo es wirklich darauf ankommt, meine Gucker richtig aufsperren?

»Hahahaha!«

Aus dem Augenwinkel sehe ich, dass Birke sich vor Lachen windet wie eine schadenfrohe Viper – und dass Jona unschlüssig neben ihr steht und offenbar am liebsten so tun würde, als ob er mein kleines Missgeschick gar nicht mitbekommen hätte.

Da legt sich plötzlich eine warme Hand auf meine Schulter. »Alles okay?«, fragt eine Männerstimme. »Hast du dir wehgetan?«

Stöhnend drehe ich den Kopf. Direkt vor mir befindet sich ein eng anliegendes hellgraues T-Shirt, unter dem sich die festen Muskeln eines ziemlich imposanten Sixpacks abzeichnen.

»Nee. Geht schon«, sage ich und richte mich langsam auf.

Das graue T-Shirt endet in einem V-Ausschnitt, aus dem ein kräftiger braun gebrannter Hals herausragt.

George Clooney (in ungefähr 20 Jahre jünger) mustert mich besorgt aus sanften braunen Augen. Seine Hand ruht noch immer auf meiner Schulter.

»Würden Sie mich bitte mal loslassen?«, knurre ich.

»Natürlich«, entgegnet er lächelnd. »Ist dir auch ganz bestimmt nichts passiert?«

Zögernd lässt er seine Hand sinken.

»Keine Sorge«, murmele ich, »es ist alles im grünen Bereich. Ich wollte mich bloß dort ablegen, wo ich Birkes Ansicht nach hingehöre.«

George Clooney zieht seine hübsche Stirn in Falten.

»Wie bitte?«

»Birke ist die neue Freundin meines besten Kumpels«, erkläre ich. »Sie kann mich nicht leiden.«

Keine Ahnung, warum ich das alles ausgerechnet diesem fremden Schönling erzähle, aber Anna ist ja leider nicht hier, und immer alles nur mit mir selbst zu bequatschen, bringt auf die Dauer auch nichts.

»Oh«, sagt GCIJ (meine persönliche Abkürzung für George Clooney in jünger), und jetzt zwinkert er mir auch noch vertraulich zu. »Ob das wohl auf Gegenseitigkeit beruht?«

Pfff!

»Das geht Sie gar nichts an«, brumme ich und wende mich ab, um Ausschau nach meinem Skateboard zu halten.

Zum Glück ist es weder einer alten Dame in die Hacken

gesaust, noch über die Bahnsteigkante auf die Schienen hinuntergestürzt, sondern direkt vor Jonas Füßen gelandet.

Gerade bückt er sich danach.

»Du bringst es ihr nicht!«, keift Birke.

Jonathan hebt das Brett auf und sieht seine Knutschfreundin stirnrunzelnd an.

»Wenn du es ihr bringst …«, zischt sie warnend.

Mein bester Kumpel erwidert etwas, allerdings so leise, dass ich es nicht verstehen kann.

»Wieso denn?«, zickt Birke. »Die kann es sich doch auch selber holen. Oder hat sie etwa keine Beine?«

»Klar, siehst du doch«, murmele ich, während ich Jona anstarre.

Vielleicht gelingt es mir ja, mit meinem Blick in das Innere seiner Gehirnzellen einzudringen und ihn dazu zu kriegen, dass er mit meinem Skateboard zu mir herüberkommt. Hey, ich meine, das ist doch keine große Sache, sondern eher eine Selbstverständlichkeit, oder?

Doch mein bester Kumpel rührt sich nicht vom Fleck.

Also gut, Jona, du hast es nicht anders gewollt, denke ich und setze mich langsam in Bewegung.

Ich marschiere geradewegs auf ihn zu und nehme ihm das Brett aus der Hand.

»Süß von dir, dass du es so schön aufgehoben hast«, säusele ich. »Wir sollten uns wirklich wieder öfter treffen, findest du nicht?«

Birke verfällt in Schnappatmung (was sie echt verdient hat), und Jona klappt seinen Mund auf und zu wie ein Karpfen, bekommt allerdings keinen Ton heraus. Zur Krönung werfe ich ihm noch ein Kussmündchen zu, dann schwinge ich mir das Skateboard über die Schulter, drehe mich um und trabe in Richtung Ausgang davon.

GCIJ ist mittlerweile verschwunden. – Gut so! Darauf, dass wildfremde Menschen sich mehr um mein Wohlbefinden sorgen als mein bester Kumpel, kann ich nämlich sehr gut verzichten!

Ich nehme den Bus zum alten Kaufmannsviertel und trete um kurz nach zwei über die Schwelle des *Dress 'n Veggies*. Gunter, der sich die Haare letzte Woche in Regenbogenstreifen hat färben lassen, steht an der Kasse und begutachtet ein paar Kleider, die eine Kundin im dunkelblauen Kostüm offenbar in Zahlung geben will. Er winkt mir zu und deutet auf die Saloontür, die den Secondhandladen vom Bistro trennt.

Alles klar! Moms scheint also im *Veggies* auf mich zu warten. Bestimmt hat Rosie ein neues veganes Gericht ersonnen, das ich unbedingt probieren soll.

Ich schenke Gunter ein Lächeln und winke kurz zurück, bevor ich schwungvoll die Saloontür öffne und drei Sekunden später ins *Dress* zurückstolpere.

»Was ist passiert, Emely?«, ruft Gunter lachend. »Funktioniert deine Gangschaltung etwa nicht mehr?«

»Im Gegenteil«, murmele ich, heilfroh darüber, dass ich so schnell von vorwärts auf rückwärts umschalten konnte. Anscheinend jedoch nicht schnell genug, denn nun tönt Moms' Stimme aus dem *Veggies* zu mir herüber: »Emely!«

Ich reagiere nicht. Oder besser gesagt, ich verfalle in eine Zweisekundenstarre, um mich im Anschluss daran blitzartig um die eigene Achse zu drehen und auf die Tür zuzustürzen.

»Emely, was soll denn das?«

Das kam von Gunter! Und was bei meiner Mutter in der Regel wunderbar funktioniert, klappt bei ihm leider überhaupt nicht. Gunter gegenüber so zu tun, als hätte ich ihn nicht gehört, ist ein absolutes No-Go. Wahrscheinlich wäre er bis ans Ende seiner Tage eingeschnappt und würde kein einziges Wort mehr mit mir wechseln, was ich auf gar keinen Fall ertragen könnte. Dafür mag ich ihn einfach viel zu gern.

Ich stoppe auf der Stelle und tappe in den Laden zurück.

Gunter hat die Hände auf seine Hüften gestemmt und mustert mich kopfschüttelnd. »Was hat dich denn in den Hintern gestochen?«

»GCIJ«, stammele ich.

»Dschie Cie… was?«, fragt Gunter und zieht seine zu einem feinen Bogen gezupften Augenbrauen über der Nasenwurzel zusammen.

»George Clooney in jünger«, krächze ich, während ich den Blick panisch aufs *Veggies* gerichtet halte. »Wie kommt der so schnell hierher?«, stottere ich.

»Frag lieber, wie lange er noch bleibt«, erwidert Gunter mit einem sehnsuchtsvollen Seufzen. »Meinetwegen dürfte er gerne hier einziehen.«

Ich verstehe nur Bahnhof – und einziehen. Auf der Stelle springt meine innere Alarmstation auf Signalrot.

»W-was?«, stoße ich aus.

In diesem Moment schwingt die Saloontür auf, und meine Mutter steht auf der Schwelle.

»Emely!«, ruft sie erfreut. »Willst du nicht hereinkommen? Rosie hat einen köstlichen Linsenauflauf kreiert.« – Hab ich es nicht gewusst!

»Und zum Nachtisch gibt es Himbeersorbet mit Haselnusseis … natürlich auf Sojamilchbasis.«

Klar, was sonst?

Moms ist total vernarrt in ihr veganes Bistro mit den rein pflanzlichen Gerichten. Inzwischen scheint sie nicht einmal mehr zu wissen, dass mir Kuhmilch tausendmal besser schmeckt als dieses komische Sojazeug. Zumindest wenn die Kühe auf der Weide grasen können und im Winter ganz normales Heu statt krank machendes Kraftfutter zu fressen bekommen.

Außerdem haben wir gerade im Unterricht durchgenommen, dass der Sojaanbau viel umweltschädlicher ist, als man allgemein annimmt. Denn ebenso wie Mais macht die Sojapflanze die Ackerböden kaputt, sodass man dort kaum noch etwas anderes anbauen kann. Irgendwann werde ich Moms deswegen ansprechen. Wenn sie SEHR gute Laune hat, vor allem aber, wenn GCIJ sich nicht in unmittelbarer Nähe befindet. Vor ihm werde ich mich nämlich garantiert nicht mit ihr streiten.

»Was macht der hier?«, erkundige ich mich stockend.

»Wer?«, fragt Moms irritiert.

»Emely meint diese bezaubernde George-Clooney-Kopie«, antwortet Gunter an meiner Stelle.

In diesem Moment reißt der Kundin, deren Kleider er inzwischen auf einem Haufen zusammengeknüllt hat, der Geduldsfaden.

»Was ist denn jetzt?«, pflaumt sie Gunter an. »Können Sie Ihren Privatkram nicht später besprechen?« Genervt zieht sie ein Kleid aus dem Haufen hervor. »Für dieses Blaue hier habe ich mir hundertundzwanzig vorgestellt, und das Geblümte sollte mindestens neunzig bringen.«

»Euro?«, fragt Gunter und klimpert theatralisch mit den schillernd blau getuschten Wimpern.

»Was denn sonst?«, blafft die Kundin. »Ostereier?«

»Hmm.« Gunter bläht nachdenklich die Backen. Dann zieht er eine der beiden Krimskramsschubladen unter dem Kassentresen heraus. »Ich glaube, wir hätten sogar noch welche. Aus Holz, in verschiedenen Größen und sehr hübsch bemalt. Allerdings handelt es sich dabei nicht um die Originale aus dem Erzgebirge. Und es sind ganz sicher weder neunzig noch hundertzwanzig, geschweige denn zweihundertundzehn«, fügt er mit einem bedauernden Achselzucken hinzu.

Die Kundin, die ihre halblange dunkelblonde Föhnfrisur mit mindestens einer Flasche Haarspray in eine Art Moped-Helm verwandelt hat, schaut Gunter fassungslos an.

»Sie wollen mich wohl auf den Arm nehmen!«

Gunter schüttelt den Kopf.

»Also, für das Blaue kann ich Ihnen allenfalls acht oder zehn geben«, bietet er an.

»Was?«, faucht die Kundin. »Ostereier?«

»Nein, selbstverständlich Euro«, erwidert Gunter. »Wir zahlen nicht in Ostereiern. Hab ich Ihnen das nicht gesagt?«

Die Kundin atmet geräuschvoll aus. Mittlerweile hat sie unzählige dunkelrote Wutflecken im Gesicht.

»Als ob es darum ginge!«, wettert sie.

»Auf den Arm nehme ich Sie jedenfalls nicht«, erklärt Gunter mit perfekt gespielter Empörung in der Stimme. »Selbst wenn Sie mich noch so sehr darum bitten.«

»Also, das ist doch …« Zornentbrannt packt die Kundin ihre Kleider, stopft sie in ihre Umhängetasche und eilt mit strammen Schritten zur Tür.

»Einen schönen Tag noch!«, ruft Gunter ihr nach. »Es war mir ein Vergnügen, Sie kennenzulernen.«

Er wartet, bis die Tür hinter ihr zugefallen ist, dann bricht er in schallendes Gelächter aus.

Mein Blick fliegt zu Moms. Sie steht noch immer an derselben Stelle. Ihr Teint erinnert eher an einen Schneemann als an einen Menschen aus Fleisch und Blut.

Oje, da ist Gunter wohl einen Schritt zu weit gegangen. Hoffentlich muss er jetzt nicht ebenfalls seine Sachen packen!

Doch weit gefehlt!

Innerhalb eines Atemzugs wechselt Moms' Gesichtsfarbe von Schneeweiß zu Hummerrot, und nur eine Sekunde später prustet auch sie los.

»Sehr gut!«, kiekst sie und tätschelt Gunter anerkennend die Schulter. »Du bist wirklich eine Granate.«

»Aber Moms!«, sage ich empört. »Du freust dich, dass deine Mitarbeiter deine Kunden vertreiben?«

»Nur wenn es die richtigen sind«, erwidert sie, zaubert sich für zwei Sekunden einen ernsten Ausdruck ins Gesicht und gackert dann munter weiter. »Ostereier! Ich fasse es nicht! Wir haben garantiert niemals ein einziges noch so klitzekleines Holzei im Laden gehabt«, stößt sie kopfschüttelnd aus. »Es sei denn, du hast heimlich welche hereingeschmuggelt.«

»Wer weiß, wer weiß«, gibt Gunter mit tiefer kratziger Ganovenstimme zurück. »Manchmal bin ich zu allem fähig.«

Hilfe! Wo bin ich hier bloß gelandet?

Okay, Gunter ist schon immer ein bisschen verrückt gewesen. – Aber Moms?

Allmählich kommt mir der Verdacht, dass Rosie bei der Zubereitung ihres Haselnusseises die Soja- mit der Kichererbsenmilch verwechselt hat. So albern habe ich meine Mutter jedenfalls schon lange nicht mehr erlebt. Ich glaube, das letzte Mal an ihrem vierzigsten Geburtstag, als sie von dem Likör, der sich in dem Paket von Oma und Opa Prinsloo aus London befand, einen Schwips hatte.

Dass Moms um diese Uhrzeit jedoch schon Alkohol getrunken haben soll, kann ich mir beim besten Willen nicht vorstellen. Ihre Heiterkeit muss also andere Gründe haben.

»Was ist denn los mit dir?«, frage ich. »Hast du eine Gute-Laune-Pille verschluckt?«

Moms zwinkert mir zu. »Was wäre so schlimm daran?«

»Ähm … nix … äh …«, stammele ich.

»Solange es keine Droge ist«, fügt Gunter im Ganovensound hinzu und fängt ebenfalls wieder an zu lachen.

»Oh Mann, ihr seid echt blöd«, knurre ich, drehe mich auf dem Absatz um und stiefele in Richtung Tür.

»Emely!«, ruft Moms mir nach. »Jetzt warte doch mal!«

Mit einem Schlag scheint ihre Heiterkeit verflogen zu sein. Trotzdem traue ich dem Braten nicht. Ich bleibe zwar stehen, lege vorsichtshalber aber schon mal meine Hand auf den Knauf, der aussieht wie ein großes mit einem V verschlungenes D – noch ein Kichern und ich werde mich verflüchtigen, und zwar schneller, als meine Mutter bis eins denken kann.

»Ich möchte dir jemanden vorstellen«, höre ich sie sagen.

Was? Mein Herzschlag macht einen Aussetzer. Doch wohl hoffentlich nicht GCIJ!

Ich habe es noch nicht ganz zu Ende gedacht, da ertönt bereits seine Stimme hinter mir.

»Ich glaube, deine Tochter und ich hatten bereits das Vergnügen.«

Nein, oh, nein … OH, OH, NEIN!

»Ist nicht wahr?«, erwidert Moms. »Wann denn? Und wo?«

Sag's nicht. Bitte, bitte. Sag es nicht, flehe ich, aber natürlich tut er es doch. Die meisten Erwachsenen besitzen nämlich kein Feingefühl, insbesondere dann nicht, wenn es darum geht, sich auf Kosten von Kindern und Jugendlichen zu amüsieren.

»Ich habe sie vor einer halben Stunde am Hauptbahnhof aus der Mülltonne gefischt.«

Innerhalb eines Sekundenbruchteils verwerfe ich sämtliche Fluchtpläne, wirbele herum und blitze GCIJ wutschäumend an.

»Was soll das heißen, Emely?«, erkundigt Moms sich scharf.

Oje, das klingt nicht gut. Es klingt sogar überhaupt nicht gut!

Hastig durchforste ich meine grauen Zellen nach einer einleuchtenden Erklärung, doch dummerweise hat mein Gehirn gerade auf Sparmodus geschaltet, und so antwortet GCIJ an meiner Stelle:

»Sie ist mit ihrem Skateboard dagegengefahren und gestürzt.«

Wer auch immer du bist, Fremder, denke ich voller Zorn, wir werden niemals Freunde sein.

»Natürlich«, sagt Moms und stößt einen resignierten Seufzer aus. »Sie trägt ja auch wieder mal ihre Brille nicht. Oder hatte sie die vorhin beim Skaten etwa auf?«

Na logisch hatte ich das!, würde ich am liebsten entgegnen. Aber leider hat dein unbekannter Schönling mich so energisch zurückgerissen, dass sie mir von der Nase gerutscht, in den Müll gefallen und zwischen einer Portion Pommes rotweiß und einer Bierflasche zu Bruch gegangen ist. – OMG, ich wünschte, es wäre tatsächlich so!

»Ich habe den Eindruck, du nimmst diese Schuluntersuchung überhaupt nicht ernst«, beginnt meine Mutter nun auch noch mit einer Standpauke, »und deshalb werde ich einen Termin beim Augenarzt für dich vereinbaren.«

»Aber, Moms«, protestiere ich. »Das lohnt sich doch gar nicht mehr. Bald beginnen die Sommerferien. Die ersten drei Wochen verbringe ich mit Anna bei Pops an der Nordsee … und ein Optiker hat doch auch …«

»Ein Optiker ist kein Mediziner«, unterbricht meine Mutter mich harsch. »Und ich hätte gerne das Urteil eines Fachmanns.«

»Vor einem Jahr hat dich das doch auch nicht interessiert«, werfe ich ihr vor, und plötzlich ist es mir egal, dass wir uns vor versammeltem Publikum in die Wolle kriegen. »Außerdem komme ich viel besser ohne dieses blöde Ding zurecht.«

»Das werden wir ja sehen, Emely«, erwidert sie und mustert

mich mit ungewohnt strenger Miene. »Im wahrsten Sinne des Wortes.«

»Ist es wirklich schon ein Jahr her, dass ihre Augen überprüft wurden?«, mischt GCIJ sich ein. »Und Emely ist damals wirklich nur beim Optiker gewesen?«

Moms nickt und seufzt noch einmal.

»Wir dachten, dass es sich lediglich um eine kleine vorübergehende Sehschwäche handelt, die mit ihrer Entwicklung zu tun hat …«

»Ja, klar«, fahre ich dazwischen. »Redet nur weiter über mich, als ob ich kein Mensch wäre, sondern bloß ein dämlicher Stuhl mit einem wackeligen Bein!«

Moms und der Fremdling werfen sich einen Blick zu. Dann öffnet sie langsam den Mund.

Ich kriege allerdings nicht mehr mit, was sie sagt, denn nun bin ich wirklich zur Tür raus.

Ein Mann namens Robert und andere unerfreu-liche Angelegenheiten

Nachdem ich ungefähr hundert Meter die Leopoldstraße hinuntergerannt bin, wird mir klar, dass ich mich gerade ziemlich kindisch benehme. Moms hat ja recht, ich trage meine Brille kaum – obwohl sie total unauffällig ist und in meinem Gesicht sogar beinahe gut aussieht! Aber irgendwie finde ich sie lästig. Sie fühlt sich an wie ein Fremdkörper, den ich am liebsten wegschlagen würde – als wäre sie eine Fliege, die mir über die Nase krabbelt. Außerdem bin ich mir nicht einmal sicher, ob ich mit den Gläsern immer noch besser gucken kann als ohne. Vielleicht brauche ich die Brille ja gar nicht mehr. Oder meine Fehlsichtigkeit hat sich von kurzsichtig zu weitsichtig verschoben. Falls es so etwas überhaupt gibt.

Tja, so ungern ich es auch zugebe, aber wahrscheinlich ist es wirklich das Beste, wenn das mal ein richtiger Augenarzt durchcheckt.

Ich verlangsame meinen Schritt und lasse mich auf die Bank gegenüber der *Linden-Apotheke* und dem *Papershop* fallen. Mein Skateboard platziere ich direkt vor mir auf dem Boden und setze beide Füße darauf. Seitdem es mir einmal geklaut wurde, mache ich es immer so. Leise stöhnend hole ich mein wie verrückt plingendes Smartphone hervor. Garantiert ist es Moms, die mir wie blöd hinterherzuwhatsappen versucht. Doch zu meiner Überraschung finde ich nicht eine einzige Nachricht von meiner Mutter vor, dafür jedoch jeweils drei von Anna und Jonathan.

Die von Anna lauten:

Juhuuu! Meine Mutter ist einverstanden!!!

Was ist mir dir? Hast du's schon erzählt?

Mensch, Em, melde dich doch mal. Das wäre ja voll peinlich, wenn ich wieder zurückrudern müsste :/

Ich hab Moms noch nicht gesehen, schwindele ich. Alles andere wäre zu kompliziert.

Danach schaue ich mir Jonas Meldungen an.

Können wir nachher mal telefonieren?

Es tut mir leid, Em!

Hast du dir sehr wehgetan?

Ich presse die Lippen aufeinander und atme laut schnaufend ein und aus.

Keine Zeit!

Mir auch!!

Allerdings!!, schreibe ich nach einem kurzen Zögern zurück und will das Handy gerade wieder in meine Hosentasche schieben, als es losdudelt. Ich schiele auf das Display und blicke in Jonas Gesicht.

Reflexartig drehe ich das Handy um und glotze unschlüssig auf meine Chucks hinunter, die unruhig auf dem Skateboard hin und her wandern. – Will ich oder will ich nicht?

»Sei nicht albern, Em«, murmele ich und drücke auf die Verbindungstaste.

»Was ist?«, blöke ich.

Jonathan soll ruhig wissen, dass ich stinksauer auf ihn bin und er sich ebenso gut mit einer Handgranate unterhalten könnte.

»Mich entschuldigen«, erwidert er.

»Okay …«

Und für was genau?, füge ich im Stillen hinzu.

»Ich hoffe, du hast dich nicht verletzt.«

»Meinst du an der Müllstation oder an Birke?« – Verdammt, es musste jetzt einfach raus.

»Mensch, Emely«, stöhnt Jona.

Für dich immer noch Em, denke ich und spüre einen feinen Stich in der Brust. Ist es mit unserer Freundschaft jetzt schon so weit her, dass er mich mit meinem vollen Namen anspricht?

»Es ist eben alles nicht so einfach«, fügt Jonathan hinzu. »Mir wäre es auch lieber, wenn Birke dich mögen würde.«

Ach, und ob *ich sie* mag, zählt wohl gar nicht, oder was?

»Sie regt sich immer so schnell auf. Letztens wollte ich mich mal wieder mit Timo treffen …«

»Sag bloß, das hat sie dir nicht erlaubt?!«, platzt es aus mir heraus.

»Ts«, macht Jona. »Was heißt denn erlaubt. Sie kann mir ja wohl schlecht verbieten …«

»Hat sie oder hat sie nicht?«, fahre ich dazwischen.

»Nein, hat sie nicht«, entgegnet er beinahe wütend.

»Trotzdem hast du dich nicht mit Timo getroffen, stimmt's?«

Mein (ehemals?) bester Kumpel druckst gewaltig herum.

»Birke wird sich schon noch daran gewöhnen.«

Das klingt nicht besonders überzeugt. Und sowieso:

»Du kannst doch ihretwegen nicht dein ganzes Leben umkrempeln«, rege ich mich auf. »Wir haben uns in den letzten Wochen kaum gesehen.« Und außerdem: »Erinnerst du dich überhaupt noch, wie dein Bike aussieht und wie es funktioniert?«

Jona schweigt.

»Ich weiß noch ziemlich genau, dass du meine beste Freundin bist«, sagt er schließlich.

Augenblicklich verpufft meine Wut, und plötzlich bin ich schrecklich traurig.

»Ich vermisse dich, Jona«, krächze ich ultraleise in mein Smartphone. – Oh mein Gott, so etwas würde ich nicht einmal zu Anna sagen!

»Ich dich doch auch, Em«, gibt Jonathan ebenso leise zurück.

»Dann lass uns treffen«, bettele ich. »Am besten jetzt gleich.«

»Wo bist du denn?«, fragt er. »Zu Hause?«

»Nee, in der Leopoldstraße.«

»Ach, bei deiner Mutter im *Dress'n Veggies*!«

»Ja … nein … also …«, stammele ich.

»Du hast Stress mit ihr«, schlussfolgert Jona.

Oh Mann, er kennt mich einfach ziemlich gut. Noch immer. Und das ist wirklich ein Trost.

»Sie ist ziemlich merkwürdig drauf«, deute ich an.

»Aha … Was meinst du damit?«

»Erzähl ich dir, wenn du hier bist, okay?«, gebe ich hoffnungsvoll zurück, doch wieder druckst Jonathan nur herum.

»Was ist denn jetzt?«, frage ich ungeduldig. »Hast du dich schon in Bewegung gesetzt?«

»Ähm … nein.«

»Ich kann auch zu dir kommen«, schlage ich vor und springe auf. »Bevor wir wertvo…«

Weiter komme ich nicht, weil sich in diesem Moment unter mir der Boden (exakt ausgedrückt mein Skateboard) in Bewegung setzt und ich zum zweiten Mal am heutigen Tag aus dem Gleichgewicht gerate. Blöderweise befindet sich aber diesmal keine Müllstation oder dergleichen in meiner Nähe, sodass ich ungebremst in Richtung Pflastersteine segele.

Bevor ich aufschlage, kriege ich es irgendwie noch hin, das Handy auf der Bank »abzulegen«, komme allerdings nicht mehr dazu, mir für diese Meisterleistung selbst auf die Schulter zu klopfen, denn mit dem nächsten Atemzug jagt ein dumpfer Schmerz in meine Handgelenke. Scheiße, denke ich noch, dann schießen mir die Tränen in die Augen.

»Aaaooouuuh!«, jaule ich kurz auf, dann presse ich wimmernd die Zähne in meine Unterlippe.

»Em, was ist passiert?«, brüllt die Bank hinter mir. »Emeeelyyy!«

Ich lasse sie schreien. Zu etwas anderem bin ich sowieso nicht in der Lage. Denselben Schmerz, der mir eben in die Handgelenke geschossen ist, spüre ich jetzt nämlich auch in meinen Knien und der rechten Hüfte. Außerdem brennt mein rechter Daumen wie Hölle.

Bestimmt ist er abgebrochen, durchzuckt es mich.

So ein Quatsch, Em, widerspreche ich mir. Dann würde er ja wohl kaum wehtun.

Schon mal was von Phantomschmerz gehört?, halte ich dagegen. Der tritt nämlich gerade dann auf, wenn man einen Arm oder ein Bein – oder eben auch einen Daumen – verloren hat.

Ja, aber doch erst später, stöhne ich. Wenn alles verheilt ist.

Es ist eine sinnlose Diskussion mit mir selbst, aber sie hilft mir, mit meiner unwürdigen Situation (bäuchlings auf den Pflastersteinen) klarzukommen.

Sneakers, Flipflops, Riemchensandalen, Omaschuhe und blank polierte Männergaloschen laufen an mir vorbei. Niemand stoppt und fragt, ob er mir helfen kann. Nur die Bank … ähm, das Handy … äh, Jona brüllt sich noch immer die Lunge aus dem Hals.

»Emely, jetzt sag doch endlich was! Bist du überhaupt noch da? Hat dir jemand das Handy geklaut? Oder bist du etwa schon wieder hingefallen?«

»Halt bloß die Klappe«, brumme ich. »Du kannst mir sowieso nicht helfen.«

Für eine klitzekleine Millisekunde wünsche ich mir GCIJ herbei, dann stoße ich einen Fluch aus und rappele mich mühsam auf die Füße.

Meine Handballen bluten, und in meiner Jeans klafft über dem rechten Knie ein Loch, aber das ist nicht das Schlimmste. Langsam sinke ich neben meinem Smartphone auf die Bank zurück und starre meinen Daumen an. Er ist nicht ab, allerdings auch nicht mehr richtig dran, sondern hängt seltsam abgeknickt nach unten.

Ich merke noch, wie mir schlecht wird … Und dann ist auf einmal alles pechschwarz um mich herum.

Als ich die Augen aufschlage, wird es nicht einfach bloß hell, sondern Eierschalengelb. Uäääh – das ist nun echt nicht gerade meine Lieblingsfarbe!

»Maus!«, höre ich meine Mutter rufen, und einen Lidschlag später taucht ihr Gesicht über mir auf.

Ein wenig perplex starre ich in ihre blauen Augen und überlege, ob sie mich immer schon so genannt hat, oder ob mein Skateboard mich womöglich in ein vergangenes oder – was noch abgefahrener wäre – zukünftiges Leben katapultiert hat.

»Hi, Moms«, sage ich. »Wo bin ich?«

Sie schenkt mir ein fürsorgliches Lächeln.

»Im Krankenhaus.«

Okayyy …???

»Und welchen Tag haben wir?«, erkundige ich mich und füge vorsichthalber »Ganz genau, wenn es geht« hinzu.

»Und wie es geht«, erwidert meine Mutter grinsend. »Heute ist Freitag, der achte Juli zweitausendundsechzehn.«

Na gut, denke ich, also keine Zeitreise, sondern doch nur die Pflastersteine.

»Benötigst du auch noch die exakte Uhrzeit?«, will Moms wissen.

Ich betrachte sie eingehend. So extrem witzig oder gar ironisch ist sie früher (also vor dem 8. Juli 2016) eigentlich nicht gewesen. Geschweige denn so albern wie vorhin im *Dress 'n Veggies*. Aber darauf spreche ich sie lieber erst einmal nicht an.

»Hab ich mir schlimm wehgetan?«, frage ich stattdessen.

Im Moment spüre ich nämlich nicht das Geringste. Nicht einmal, ob ich noch Hände und Füße habe.

»Ich glaube schon.« Moms streichelt mir sanft über die

Wange. »Deine Knie sind total aufgeschürft, und dein rechter Daumen war ausgerenkt. Zum Glück konnte man ihn wieder richten. Ich frage mich nur …« Sie bricht ab und mustert mich forschend, so als würde sie hoffen, dass sie mir die Antwort auf ihre nicht fertig gestellte Frage von der Stirn ablesen könnte.

»Was?«, versuche ich ihr auf die Sprünge zu helfen.

»Na ja, wieso du mit deinem Board gegen diese Bank gefahren bist. Deine Fehlsichtigkeit muss …«

»Bin ich doch gar nicht!«, falle ich ihr laut protestierend ins Wort. »Es war reine Blödheit!«

»Aha …« Meine Mutter stößt einen Schwall Luft aus. »Ehrlich gesagt fällt es mir schwer, mich zu entscheiden, was ich schlimmer finde.«

»Moms, du verstehst das nicht.«

Sie nickt. »Das trifft es auf den Punkt, Emely.«

Oh Mann! Ich krieg hier noch die Krise.

»So habe ich das doch überhaupt nicht gemeint«, stöhne ich. »Wie bin ich überhaupt hierhergekommen?«, weiche ich sicherheitshalber auf ein anderes Thema aus.

»Eine junge Frau hat den Notarztwagen gerufen«, erwidert meine Mutter. »Sie ist bei dir geblieben, bis die Sanitäter vor Ort waren, während die meisten anderen …« Sie richtet ihren Blick zur gegenüberliegenden Wand und schüttelt den Kopf.

»Was?«

»Ach, nichts, Schätzchen.« Sie wendet sich wieder mir zu und streichelt flüchtig über meine Schulter. Ich bin ziemlich erleichtert, dass ich das spüre. »Nicht so wichtig.«

»Hat man mich narkotisiert?«

»Ja.«

»Und woher wusstest du, dass ich hier bin?«, frage ich weiter.

»Von Jonathan.«

Ach ja! Ich erinnere mich.

»Er lag auf der Bank.«

»Na ja«, meint Moms. »Eigentlich war es nur dein Handy. Und es lag auch nicht auf der Bank, sondern darunter. Die junge Frau hat es aber wohl gleich entdeckt und Jona erklärt, was passiert ist.«

Hä?

»Das konnte sie doch gar nicht wissen.«

»Ich nehme an, sie hat es sich zusammengereimt«, entgegnet meine Mutter.

»Was? Dass ich mit dem Skateboard gegen die Bank gerattert bin?«, beginne ich wieder, mich aufzuregen. »Wo ist es überhaupt?«

»Da vorn neben dem Kleiderschrank.« Moms deutet über ihre Schulter zurück. »Die Sanitäter waren so nett und haben es mitgenommen.«

»Aha …?« Ich hebe den Kopf an und versuche an meiner Mutter vorbeizulinsen. »Ich seh nix.«

Außer einem weiteren Bett, das unbewohnt erscheint, und einem eierschalenfarbenen Waschbecken an einer hellgelb gefliesten Wand.

Moms drückt mich sanft aufs Kopfkissen zurück. »Das musst du auch nicht. Ich werde das Skateboard nachher mit nach Hause nehmen.«

Wie bitte? »Und was ist mit mir?«

»Du wirst übers Wochenende hierbleiben.«

Was?!

»Nein!«, rufe ich, und schon schnellt nicht bloß mein Kopf, sondern mein ganzer Oberkörper in die Höhe. »Nur über meine Leiche!«

»Schätzchen, jetzt sei doch bitte vernünftig«, sagt meine Mutter und versucht erneut, mich in die Waagerechte zu bewegen.

Doch diesmal hat sie keine Chance. Ich bin nämlich schon halb aus dem Bett. Und während ich mich darüber freue, dass ich nach wie vor im Besitz all meiner Arme, Beine und Füße bin, kippe ich direkt neben ihr um und lande mit dem Gesicht auf dem anderen Bett.

Es tut verdammt weh. Und zwar vom Hals bis in meine Knöchel hinunter. Hätte Moms nicht geistesgegenwärtig ihre Arme um meinen Bauch geschlungen, um mich festzuhalten und das Schlimmste zu verhindern, wäre ich vermutlich mit meinen geschundenen Knien auf den Fußboden geknallt.

»Emely, was soll denn das!«, schimpft sie. »Bist du etwa von allen guten Geistern verlassen?«

Tja, also … für völlig ausgeschlossen halte ich das tatsächlich nicht. Wobei … Woher sollte ich wissen, dass man mir die Arme am Körper festgebunden hat?!

Leise fluchend hievt Moms mich auf mein eigenes Bett zurück.

»Wenn du so weitermachst, kannst du gleich die ganze nächste Woche im Krankenhaus bleiben«, fährt sie danach mit ihrem Gemecker fort.

»Das geht nicht«, rutscht es mir heraus. Besorgt werfe ich einen Blick auf meine verbundenen Knie, die im nächsten

Moment unter der Bettdecke verschwinden, die meine Mutter über mich zerrt. »Wir haben doch dieses Projekt.«

»Schon wieder?« Moms runzelt die Stirn. »Was denn für ein Projekt? Noch dazu so kurz vor Schuljahresende!«

»Familientausch«, erwidere ich.

Ungläubig sieht meine Mutter mich an. Um genau zu sein, wirkt sie sogar so, als würde sie jede Sekunde explodieren. Offenbar war der Zeitpunkt, diese Sache anzusprechen, nicht wirklich gut gewählt. Aber was soll's, jetzt kann ich es ohnehin nicht mehr rückgängig machen. Außerdem ist es immer noch besser, Moms erfährt es von mir, als von den Gerlachs. Annas Mutter wäre es jedenfalls zuzutrauen, dass sie gleich heute Abend bei uns zu Hause anruft, um alles zu besprechen.

»Wie soll ich denn das verstehen?«, fragt Moms.

»Ganz einfach«, sage ich. »Dass ich nächste Woche bei Anna wohne und sie bei uns.«

Für exakt fünf Sekunden bleibt meiner Mutter die Luft weg, dann poltert sie los: »Und wie, bitte schön, habt ihr euch das vorgestellt?«

Wir – also, Anna und ich – eigentlich gar nicht. Denn es ist ja Maylins Idee gewesen. Doch das muss natürlich auf ewig unser Geheimnis bleiben.

»Am besten ist es wohl, wenn ich deine Klassenlehrerin anrufe«, murmelt Moms nachdenklich vor sich hin.

Ach, du grünkarierte Unterhose! Alles, nur das nicht!

»Ähm … äh …«, fange ich an zu stammeln. »Das ist keine gute Idee … Weil … äh, darauf hat Frau Schnacke überhaupt keine Lust. Also, dass die Eltern jetzt reihenweise mit ihr telefonieren und ihre Bedenken äußern.«

Puh! Hoffentlich schluckt sie das. Schwindeln ist echt nicht meine Stärke. Bestimmt hätten Anna und ich das auch irgendwie anders regeln können. Aber dafür ist es jetzt wohl zu spät.

»Na, hör mal, Emely, ich finde das ganz schön überstürzt«, regt meine Mutter sich auf. »Frau Schnacke hätte euch wenigstens ein Informationsschreiben mitgeben können.«

»Wieso?« Ich tue verwundert, und diesmal habe ich sogar das Gefühl, dass es mir ganz gut gelingt. »Das hat sie doch.«

Auf Moms Stirn bildet sich eine Steilfalte. »Wann?«

»Vor einem Monat … oder so.«

»Also, daran erinnere ich mich nicht«, erwidert sie kopfschüttelnd.

Kein Wunder, wenn es nie eins gab.

»Du hast eben zu viel anderes im Kopf«, sage ich. »Bist ja eh kaum zu Hause. Und jetzt, wo Pops …«

Meine Mutter zieht scharf die Luft ein.

»Fang bitte nicht wieder so an«, sagt sie streng. »Ich weiß selber, dass unsere Situation nicht optimal ist. Und ich verspreche dir, dass sich schon sehr bald etwas ändern wird.«

»Bist du deshalb vorhin so albern gewesen?«

»Was war ich?«, fragt sie irritiert.

»Albern«, wiederhole ich. »Du und Gunter, ihr habt euch total über deine Kundin lustig gemacht. Und dann noch dieser Typ, der mich am Bahnhof belästigt hat, und …«

»Also, wenn ich es vorhin richtig verstanden habe, wollte Robert dir helfen«, unterbricht Moms mich. »Er würde niemals jemanden belästigen. Erst recht keine Kinder.«

Robert – aha!

»Wie lange kennst du den denn schon?«, frage ich und

bemühe mich, mir meine Empörung nicht allzu deutlich anmerken zu lassen. »Und woher?«

Hoffentlich nicht aus einem Tanzcafé! Oder einer Disco!

»Ich glaube, darüber reden wir besser, wenn du wieder zu Hause bist«, erwidert meine Mutter.

Na super! Immer wenn es haarig wird, weicht sie aus.

»Und was die Kundin von vorhin betrifft«, fährt sie stattdessen fort: »Sie hätte sich doch nur ein wenig im Laden umzuschauen brauchen, dann hätte sie gesehen, dass ihre Kleider nicht zu unserem Stil passen, und hätte sie uns vermutlich gar nicht angeboten.«

»Trotzdem hättet ihr etwas freundlicher sein können«, brumme ich. »Was, wenn sie jetzt überall herumerzählt, wie blöd ihr sie behandelt habt?«

Meine Mutter verdreht leicht genervt die Augen.

»Das lass mal meine Sorge sein. Okay?«

Meinetwegen.

»Und wer ist jetzt dieser Robert?«, bohre ich noch einmal nach, als jemand zaghaft gegen die Tür klopft.

In Moms' Pupillen scheinen zwei Fragezeichen aufzublinken.

Mit hochgebogenen Brauen schaut sie mich an.

Dann ruft sie: »Ja, bitte?« und dreht sich auf ihrem Stuhl herum.

Ich äuge an ihr vorbei und sehe, wie sich die Klinke langsam nach unten bewegt.

Pops!, durchzuckt es mich. Aber das ist natürlich nur eine idiotische Wunschvorstellung. Selbst wenn meine Mutter ihn angerufen und ihm von meinem folgenschweren Missgeschick erzählt haben sollte, wäre es ihm wohl kaum möglich gewesen, innerhalb dieser kurzen Zeit hier aufzukreuzen.

Die Tür schwingt einen Spaltbreit auf, und ein wuscheliger schokobrauner Haarschopf schiebt sich ins Zimmer.

Mein Herz macht einen Riesensatz.

»Jona!«

»Hi«, sagt Jonathan beinahe schüchtern. »Kann ich kurz reinkommen?«

»Aber natürlich«, erwidert Moms und springt sofort von ihrem Stuhl auf, um ihm Platz zu machen. »Prima, dass du es doch noch geschafft hast vorbeizuschauen. Ich gehe dann mal ein bisschen frische Luft schnappen. Aber du bleibst schön da liegen«, ermahnt sie mich.

Jona zaubert sich einen Dackelblick ins Gesicht.

»Keine Sorge, Frau Berlin«, verspricht er. »Ich pass schon auf sie auf.«

Birke vs. Emely

Jona wartet, bis meine Mutter aus dem Zimmer getreten ist und die Tür hinter sich zugezogen hat, dann lässt er sich langsam auf dem Stuhl neben meinem Bett nieder.

»Mensch, Em, was machst du denn bloß immer?«

Ts – Immer?

»Jetzt tu mal nicht so, als ob ich mich einmal pro Woche auf die Nase legen würde!«

»Tu ich ja nicht, aber …«

Er gerät ins Stocken, kneift die Mundwinkel ein und glotzt betreten auf seine Hände.

»Jetzt sag schon«, ermuntere ich ihn.

»Es ist meine Schuld, stimmt's?«, murmelt Jonathan, ohne mich dabei anzusehen.

Einen klitzekleinen Moment lang juckt es mich in der Zunge, ihm ein schlechtes Gewissen einzureden. Ich weiß, es ist gemein, aber irgendwie würde es mir schon gefallen, wenn ich diesem ultradoofen Birkengewächs indirekt eins auswischen könnte. Doch zum Glück bin ich ja vernünftig und deshalb sage ich voller Inbrunst: »Jona, das ist absoluter Oberquatsch! Du kannst ja wohl überhaupt nichts dafür, dass ich so schusselig bin.«

»Stimmt«, entgegnet er leise, hebt den Blick und grinst mich vorsichtig an. »Dann bist du also nicht sauer auf mich?«

»Na jaaa, ein bisschen schon. Birke ist auch echt ziemlich anstrengend, oder findest du nicht?«, wage ich mich vor.

Jona zuckt hilflos mit den Schultern. »Sie hasst BMX, Skaten und all das … Hält es für Kinderkram.«

»Ach so«, sage ich, »und weil ich ein Skateboard besitze, kann sie mich natürlich auch nicht leiden. Obwohl sie mich gar nicht kennt.«

»Sie ist eben total anders als du«, meint Jona und kaut auf seiner Unterlippe herum. »Normalerweise würde sie bei dir auf Abstand gehen.«

Tut sie ja auch!

»Sie ist eifersüchtig«, brumme ich. »Weil du mich magst.«

»Unsinn«, winkt Jona ab. »Das weiß sie doch gar nicht.«

»Dann solltest du es ihr besser mal sagen. Früher oder später kriegt sie es doch sowieso raus.«

»Was?«

»Na, dass wir Kumpel sind. Dass du mich magst und ich nichts dagegen habe, wenn du mit ihr zusammen bist.«

»Pfff«, macht Jona. »Das glaubt sie mir eh nicht. Birke kann sich gar nicht vorstellen, dass Jungs und Mädchen einfach nur so befreundet sind.«

»Hast du sie gefragt?«

Jona winkt ab. »So was merkt man doch«, erwidert er. »Birke hat nur Freundinnen. Mit Jungs will sie eigentlich gar nichts zu tun haben.«

»Außer mit dir«, merke ich an.

»Klar.«

»Und was machst du, wenn sie es rauskriegt?«

»Was?«, fragt Jona erneut.

Mannomann! Früher (also vor Birke) war so etwas nicht nötig, da haben wir uns blind verstanden.

Ich stöhne leise. »Na, das mit uns.«

»Wieso? Mit uns ist doch gar nichts.«

»Nee, klar«, sage ich und grinse.

Jona atmet tief durch und grinst dann ebenfalls. – Noch ist also nicht alles zu spät. (mit uns ;-))

»Bist du eigentlich schlimm verletzt?«, wechselt er das Thema.

»Weiß nicht genau. Im Moment kann ich jedenfalls meine Arme nicht richtig bewegen. Es fühlt sich an, als ob sie gar nicht mehr da wären«, erkläre ich ihm und setze eine Leidensmiene auf. Mein bester Kumpel darf ruhig ein bisschen Mitleid mit mir haben. »Aber das hat wahrscheinlich mit der Narkose zu tun. Sie mussten mir nämlich den Daumen einrenken.«

»Auweia.« Jonathan zieht eine Grimasse. »Das hat bestimmt verdammt wehgetan.«

»Worauf du einen lassen kannst!«, bekräftige ich. »Als ich vorhin gesehen habe, dass mein Daumen verkehrt herum an meiner Hand hängt, habe ich mich so sehr gegruselt, dass ich ohnmächtig geworden bin.«

»Auweia«, sagt Jona noch einmal. »Und jetzt hast du überhaupt keine Schmerzen mehr?«

Ich schüttele den Kopf. »Wahrscheinlich könntest du mir eine Sicherheitsnadel durch die Nasenlöcher fädeln, ohne dass ich es merke.«

»Hm.« Jona grient jetzt richtig breit. »Wäre eine Überlegung wert. Vielleicht steht es dir ja.«

»Blödi«, sage ich und strecke ihm die Zunge heraus.

»Aha«, meint Jona und zwinkert mir zu. »Die funktioniert also noch.« Er deutet auf meine Bettdecke. »Darf ich mal nachschauen?«

Verständnislos sehe ich ihn an, aber da hat er die Decke bereits gepackt und mich bis zur Hüfte freigelegt.

»Alles klar«, grunzt er. »Zwangsjacke.«

Hallo!

»Aber wieso haben sie dir gleich beide Arme eingebunden, wo du dir doch nur den einen Daumen verrenkt hast?«

»Keine Ahnung.« Und im Moment interessiert es mich auch gar nicht mal so sehr. Gedanklich bin ich nämlich noch immer mit dem Thema Zunge beschäftigt. »Wie ist das eigentlich so?«, frage ich zögernd. »Wenn man jemanden küsst?«

Jonas und mein Blick treffen sich, und prompt schießt mir eine glühende Hitze in die Birne. (Als ob ich meinen Kopf in den Grill gesteckt hätte!)

Verlegen guckt Jona an mir vorbei zum Fenster hinaus, hinter dem so interessante Dinge wie Ahornblätter, Birkenblätter und Lindenblätter zu sehen sind.

»Ziemlich gut«, meint er, nachdem er sich eine ganze Froschkolonie aus dem Hals gekratzt hat.

Ich linse unter meiner Ponysträhne hinweg auf seinen Mund. Irgendwie kann ich mir gar nicht vorstellen, wie der und Birkes kleine runde Schnute auf- ähm beziehungsweise ineinanderpassen sollen.

»Hattest du nie Schiss, es zu vermasseln? Zum Beispiel beim ersten Mal …«

»Nö«, sagt Jona. Er wendet den Blick vom Fenster ab und stiert nun angestrengt den Kleiderschrank an. »Na ja … vielleicht ein bisschen«, gibt er schließlich zu.

Keine Ahnung, was mein dusseliges Gehirn damit bezweckt, aber jetzt taucht plötzlich das Gesicht von Phineas auf meiner inneren Kinoleinwand auf, dem Sohn der Gastwirtin, in deren Pension Pops an der Nordsee wohnt. In den Herbstferien habe ich ein paar Tage dort verbracht, und ich kann nicht behaupten, dass ich besonders viel Spaß mit diesem Typen hatte. Im Gegenteil, Phineas ist mir ziemlich auf den Geist gegangen. Okay, er hat sich eine Weile ganz nett um Missie H. gekümmert, aber das macht ihn noch lange nicht zum Superstar. Zumindest nicht für mich. Und deshalb habe ich es auch nicht für nötig befunden, Anna, Maylin oder gar Jonathan von ihm zu erzählen.

Zum Glück wohnt Phineas nicht bei seiner Mutter, sondern weit weg in einem Internat, und deshalb besteht auch nicht die Gefahr, dass ich ihm so bald noch einmal über den Weg laufe.

»Was guckst du denn so komisch?«, reißt Jona mich aus meinen Gedanken.

Offenbar hat er inzwischen gemerkt, dass der Kleiderschrank kein Experte in Kussangelegenheiten ist und er sich daher auch keine klugen Ratschläge von ihm erwarten kann.

»Hä? Wieso?«, frage ich erschrocken. »Wie gucke ich denn?«

»Na ja, komisch halt«, meint Jona. »So, als hättest du auf eine Kakerlake gebissen.«

Tja, ungefähr so würde es sich wahrscheinlich auch anfühlen, wenn ich Phineas – Nein! Halt! Stopp! Es gibt nicht den geringsten Grund, diesen ekligen Gedanken zu Ende zu führen!

»Können wir bitte über was anderes reden?«, murmele ich.

»Klar.« Jonathan wirkt erleichtert. »Und worüber?«

Unschlüssig sehen wir uns an.

»Jona«, sage ich. »So etwas gab es noch nie!«

Irritiert kneift er die Augen zusammen. »Was meinst du?«

»Na, dass wir nicht wissen, worüber wir reden sollen!«

»Tja … na ja …«, stammelt er, und wieder schafft er es nicht, mir in die Augen zu sehen. Diesmal sucht er sich allerdings keine Unterstützung beim Kleiderschrank, sondern bei dem vergilbten Bild, das gegenüber an der Wand hängt. Es ist eine Zeichnung, die nichts Richtiges darstellt und mich an einen breit gelatschten Pferdeapfel erinnert. Na ja, mit etwas Fantasie könnte es auch ein explodierter Igel sein. Für ein Krankenhausbild finde ich es jedenfalls total ungeeignet. Auf mich wirkt es weder besonders appetitanregend noch gesundheitsfördernd. – Wie gut, dass ich nicht ernsthaft krank bin!

»Jetzt sag schon!«, ermuntere ich ihn.

Jona stößt einen langen Seufzer aus.

»Ach, ich weiß auch nicht«, nuschelt er und lässt seinen Blick zwischen mir, dem explodierten Igel und dem Chronometer an seinem Handgelenk hin und her schweifen. »Oh, ich bin ja schon fast eine halbe Stunde hier!«, stößt er erschrocken aus und springt hektisch vom Stuhl auf.

»Wow!«, erwidere ich ein wenig spöttisch. »Tatsächlich?

Eine ganze halbe Stunde für deine schwer verletzte beste Freundin?«

Ich kann mich jedenfalls nicht erinnern, wann er das letzte Mal so viel Zeit für mich hatte.

»Tut mir echt leid«, entschuldigt er sich. »Aber wenn ich Birke noch länger warten lasse, dann ist sie stinksauer.«

»Wenn du nächste Woche nicht wenigstens einen Nachmittag Zeit für mich hast, bin ich es auch«, kontere ich, obwohl mir natürlich so was von sonnenklar ist, dass es überhaupt keinen Sinn hat, ihm die Pistole auf die Brust zu setzen. Und – Überraschung – der Schuss geht auch prompt nach hinten los.

»Du bist der beste Kumpel, den ich je hatte, Em«, erwidert Jonathan mit ernstem, ja beinahe schon beleidigtem Gesichtsausdruck. »Wenn du kein Verständnis für mich und meine Gefühle gegenüber Birke hast, dann …« Er hebt die Arme und sieht mich unschlüssig an.

»Was?«, hauche ich, und plötzlich klopft mir das Herz bis zum Hals hinauf.

»Dann weiß ich es auch nicht«, sagt Jona nach einem quälend langen Zögern. »Ehrlich, Em. Du musst das bitte verstehen«, fährt er fort, und jetzt bekommt seine Miene etwas Flehendes, bevor er mir eine ganze Batterie Nadelstiche ins Herz tackert. »Birke ist nun mal der ultimativ wichtigste Mensch für mich.«

Familientausch

Montagvormittag um 10 Uhr 26 werde ich entlassen.

Meine rechte Hand steckt noch immer in einem sogenannten Funktionsverband, der das Daumengelenk ruhig stellen soll, damit die überdehnten Bänder möglichst schnell heilen können. Außer den Abschürfungen an den Knien, die allerdings kaum der Rede wert sind, habe ich mir noch eine kleine Prellung an der Hüfte eingehandelt, aber auch die tut nicht besonders weh.

Moms ist das ganze Wochenende um mich herumgewirbelt, und sogar Teo hat mich besucht, allerdings nur, um mir mitzuteilen, dass Missie H. sein komplettes Zimmer auf den Kopf gestellt hätte. (Klar doch! Wahrscheinlich ist es in Wahrheit sein Hulk gewesen – oder beide Katzen zusammen, aber nie und nimmer meine süße kleine Missie H. allein!)

Jedenfalls war ich ziemlich froh, als mein Bruder wieder abgerauscht ist, und ich mich jetzt darauf freuen kann, dass ich ihn in nächster Zeit kaum zu Gesicht bekommen werde.

Denn – man höre und staune! – Moms hat tatsächlich in den von Anna und mir geplanten Familientausch eingewilligt. – Was wir übrigens vor allen Dingen Annas Mutter zu verdanken haben. Die hat vor Begeisterung über diese Idee nämlich fast einen Handstandüberschlag gemacht. Was genau sie eigentlich so toll daran findet, ihre eigene Tochter gegen ein anderes Mädchen einzutauschen, weiß ich allerdings noch nicht. Anna hat sich deswegen zwar total aufgeregt, wollte mir aber leider trotzdem nichts verraten.

»Ich komme morgen nach der Schule direkt zu dir«, hat sie mir gestern über die WhatsApp-Sprachfunktion eröffnet. »Mehr als meine Zahnbürste muss ich ja sowieso nicht mitschleppen.«

Stimmt haarscharf!

Wir tauschen nämlich nicht nur unsere Familien, sondern auch unsere Outfits.

Das Taxi hält direkt vor unserem Haus.

»Ich komme so gegen zwei und bringe uns etwas Leckeres aus dem *Veggies* mit«, verspricht Moms und verabschiedet sich mit einem Kuss. »Vielleicht kann Teo ja schon mal den Tisch decken.«

Das bezweifle ich zwar, nicke aber dennoch.

Nicht dass mein liebenswerter Bruder nicht dazu in der Lage wäre – der Punkt ist schlicht und ergreifend, dass er es nicht tun wird. Er ist nämlich ein fauler Sack. Außerdem hat er noch nie einer meiner Bitten Folge geleistet.

Ich müsste ihm garantiert beweisen, dass Moms mir den Auftrag erteilt hat, oder ihm die Hälfte meines Taschengeldes abgeben. Vielleicht würde es auch schon reichen, wenn ich meinen nackten Hintern für drei Sekunden aus dem Fenster hängen würde (und er ein Foto davon machen dürfte), aber zum Glück leide ich ja nicht unter Gehirnverschrumpelung.

Ich lasse Teo also Teo sein und nutze stattdessen die Zeit bis zum Mittagessen, um ausgiebig mit Missie H. zu schmusen. Meine süße kleine Mieze wird mir die nächsten vier Tage garantiert am meisten fehlen.

»Anna kümmert sich um dich«, raune ich ihr ins Fell, während sie mit ihrer Pfote nach meiner Knopfkette angelt. »Und zwar tausendmal besser als dieser komische Phineas.«

An den will ich nicht mal einen Gedanken verschwenden! Aber je vehementer ich ihn aus meinem Schädel zu verbannen versuche, desto hartnäckiger nistet er sich dort ein. Streckt mir die Zunge heraus und macht mir eine lange Nase. – Blödmann!

»Verzieh dich endlich«, knurre ich und zwinge mich dazu, jetzt bloß nicht an Jona zu denken. Sobald ich das nämlich tue, fangen meine Augen an zu zwicken, und ich kann die Tränen kaum noch zurückhalten.

»Wenn du denkst, dass ich deinetwegen heule, dann hast du dich gewaltig geschnitten«, murmele ich. »Anna hat auch gesagt, dass du es nicht wert bist.«

Okay, das stimmt nicht ganz. Eigentlich hat sie nur gemeint, dass auf Jungs nun mal kein Verlass und eine echte BFF einfach unersetzbar sei. Aber das läuft letztendlich ja aufs Selbe hinaus.

Seufzend setze ich Missie H. auf den Boden und schnappe mir meine kaputte Jeans.

An dem ausgefransten Rand des Lochs über dem rechten Knie klebt noch ein bisschen Blut. Offenbar hat Moms es nicht gesehen, denn sonst wäre die Hose todsicher sofort in die Wäsche gewandert.

Ich husche die Treppe hinauf, schlüpfe ins Bastelzimmer und breite die Jeans auf dem Boden aus. Missie H. ist mir mit langen Sätzen gefolgt und streicht mir nun miauend um die Füße. »Einfach einen Flicken draufsetzen ist blöd, oder?«, frage ich sie.

»Brrr«, macht Missie H. und taucht unter dem Kommodenschrank ab. Dort gibt es nämlich immer etwas aufzustöbern – und wenn es nur ein paar Wollmäuse sind!

Es ist wirklich zu blöd, dass die Docs im Krankenhaus mir die komplette rechte Hand verbunden haben. Lediglich ein Stück meiner Finger schaut noch heraus, der Verband sitzt allerdings so stramm, dass ich sie kaum bewegen kann.

Mit der Linken hole ich den Karton mit den bunten Bänderlitzen aus dem Regal, stelle ihn neben der Jeans ab und setze mich daneben. Kaum habe ich den Deckel abgenommen, schießt Missie H. unter der Kommode hervor und landet mit einem Satz im Karton.

»Du bist wirklich bekloppt«, schimpfe ich. »Wie soll ich denn so vernünftig arbeiten?«

Vernünftig arbeiten – haha, der Spruch hätte von meiner Mutter stammen können!

»Pass auf, gleich wird es noch bekloppter«, ertönt die Stimme meines Bruders hinter mir.

Mein Blick fliegt zu ihm herum. »Teo! Was machst du denn hier?«

»Mein Haus, meine Schwester, mein Kater«, meint er schulterzuckend und wirft mir den Hulk in den Schoß.

Das graue Plüschmonster (auch bengalischer Tiger genannt) krallt sich mit allen vier Pfoten an meinem Oberschenkel fest.

»Mann ey!«, fauche ich. »Bist du eigentlich noch ganz dicht?!«

»Nie gewesen«, entgegnet Teo gleichmütig. »Zum Glück! Woraus sollte ich sonst pinkeln oder ...«

»Uäääh! Halt bloß deine Klappe! Du bist so eklig!«, fahre ich angewidert dazwischen.

»Und du bist eine hinterhältige Kuh«, knurrt er, pflanzt sich auf den Stuhl vor dem Arbeitstisch und klappt Moms' Laptop auf. »Machst dich einfach aus dem Staub und quartierst deine Schicki-Micki-Freundin hier ein.«

Hä?

»Anna ist doch nicht schicki-micki!«, protestiere ich, während Hulk auf meinem Schoß in Deckung geht und argwöhnisch Missie H.s Kartongewusel beobachtet. »Sie ist halt einfach stylisch.«

»Ja.« Teo verdreht stöhnend die Augen. »Mega.«

»Pfff«, mache ich. »Was kümmert dich das überhaupt?«

»'ne Menge. Immerhin wohnt sie hier.«

»Für vier Tage«, betone ich. »Dafür bist du *mich* los.«

»Und du mich«, erwidert er. »Das ist doch der Sinn der Sache, oder?«

»Quatsch«, sage ich halbherzig. »Es ist ein Projekt. Wir müssen das machen. Ich hätte genauso gut mit Maylin tauschen können«, setze ich hinzu, obwohl das ja sowieso nicht zur Debatte gestanden hat.

»Wer ist denn die?«, will Teo wissen.

»Muss dich nicht interessieren.«

»Tut es aber.«

»Dein Pech.«

»Hat sie schon ihre Tage?«

»Jetzt hör endlich auf mit dem Schei…!«, fahre ich ihn an.

»Sprich dich ruhig aus«, meint Teo grinsend. »Ich kann solche bösen Wörter ab.«

In diesem Moment springt Hulk mit einem Satz von meinem Schoß hoch und stürzt sich auf Missie H. Es gibt ein fürchterliches Geknurre und Gefauche. Haarbüschel und bunte Litzenbänder fliegen durch die Gegend, und einen Atemzug später rast Hulk aus dem Zimmer, dicht gefolgt von Missie H.

»Mach ihn fertig«, murmele ich, obwohl ich es eigentlich nicht leiden kann, wenn die beiden sich ins Fell kriegen. Doch was soll ich machen? Mein Bruder hat seinen Kater einfach schlecht erzogen. Und logischerweise ist es mir hundertmal lieber, Missie H. gewinnt als der bengalische Tiger.

»In dem Fall wäre sie auch nicht ganz dicht«, setzt Teo hinzu und fährt den Laptop hoch.

»Redest du etwa von meiner Katze?«, frage ich empört.

»Nein, von dieser komischen Maylin«, erwidert mein Bruder und grient sich einen ab.

»Maylin ist nicht komisch«, verteidige ich meine Klassenkameradin.

Dabei ist sie das in gewisser Weise sehr wohl. Denn erstens macht sie Sachen, die ein *normaler* Mensch eigentlich nicht tut, zum Beispiel nackt durch die Gegend laufen. Und zweitens erzählt sie nie etwas über ihr Zuhause.

Ich habe keine Ahnung, wo sie wohnt und ob sie ein eigenes Zimmer hat, und ich kenne auch ihre Eltern nicht. Alles, was ich weiß, ist, dass sie gerne Geschwister hätte und davon träumt, ein Model zu sein. Ich glaube jedoch, dass May dafür nicht hübsch genug ist, womit ich auf keinen Fall meine, dass sie hässlich wäre. Überhaupt nicht! Aber sie fällt eben nicht auf. Im Gegensatz zu Anna mit ihren roten Locken und ihren stylischen Klamotten. May sieht eher durchschnittlich aus: blond, blass und blauäugig. Das einzig Bunte an ihr sind die Tupfen und Striche, die sie sich unabsichtlich ins Gesicht tüpfelt. Na ja, und ihr Wesen – das ist natürlich auch irgendwie bunt.

Maylin hat fast immer gute Laune. Sie ist mutig, strotzt vor lustigen Einfällen, wird selten richtig böse und lässt sich von nix und niemandem unterkriegen. Nur wenn man sie auf ihre Familie anspricht und hier ein bisschen nachzubohren versucht, wird sie sofort traurig. Und zwar so sehr, dass es einem das Herz zusammenschnürt.

Mittlerweile bin ich mir ziemlich sicher, dass May ein Geheimnis hat. Manchmal möchte ich sie einfach in den Arm nehmen und sie bitten, mir alles zu erzählen. Doch schon im nächsten Moment will ich es lieber gar nicht so genau wissen. Und deshalb denke ich eigentlich auch fast nie darüber nach, sondern nehme Maylin einfach so, wie sie ist.

»Und du bist ein dämlicher Holzpfosten!«, fahre ich Teo an. »Es würde überhaupt nicht auffallen, wenn man dich an Opa Berlins Schrebergartenzaun nagelt.«

»Das hättest du wohl gerne!«

»Stimmt haarscharf«, blaffe ich. »Und jetzt nimm deine

dreckigen Pfoten von Moms' Laptop und zieh endlich Leine!«

»Ich denk ja gar nicht dran«, meint Teo und zieht eine ultra-mega-überheblich-breite Grinse-Grimasse. »Ist schließlich nicht dein Zimmer.«

»Bisher hat es dich allerdings nicht für zwei Cent interessiert«, gebe ich zurück. »Außerdem muss ich jetzt was im Internet recherchieren.«

»Wieso denn das?«, knurrt er und deutet auf meine Jeans. »Ich dachte, du willst deine Hose flicken.«

Will ich ja auch! Aber mit meinem nervigen Bruder zusammen in einem Zimmer kann ich mich nicht konzentrieren. Exakt ausgedrückt: Spätestens nach einer halben Stunde kriege ich die Krätze.

»Das mach ich gleichzeitig«, behaupte ich.

»Was jetzt?« Teo schüttelt den Kopf. »Hier sitzen und surfen und da unten hocken und nähen?«

Klar doch!

»Frauen sind nämlich so was von multidings … äh, ta… ta… tak…«

Verflucht! Ausgerechnet dann, wenn man so ein superwichtiges Wort mal braucht, fällt es einem nicht ein!

»Du bist keine Frau«, kontert Teo. »Du hast ja noch nicht mal deine Tage.«

Öööäääh! Mach nur weiter so, Bruderherz, und ich übergebe mich womöglich noch über deine Füße.

»Das kannst du doch gar nicht wissen«, entgegne ich.

»Anna wird's mir sagen«, frohlockt er.

»Das könnte dir so passen!«

»Du vertraust ihr also nicht?«, triumphiert Teo. »Ich dachte, sie ist deine beste Freundin.«

»Ist sie ja auch. Und deshalb wird sie dir gar nichts über mich verraten.«

Mein Bruder klappt den Laptop-Deckel zu und dreht sich mit einem Ruck zu mir um. »Wollen wir wetten?«

»Nein«, antworte ich harsch. »Und jetzt verdampf dich gefälligst!«

Teo bläht die Backen und macht bescheuerte Zischlaute. »Verdampf dich doch selber«, grunzt er und streckt mir die Zunge heraus.

Das kannst du haben, denke ich bei mir, schließe den Karton mit den Bänderlitzen und werfe mir die Jeans über die Schulter. Dann rappele ich mich langsam auf und klemme mir den Karton unter den rechten Arm.

»Geht doch«, meint Teo siegesgewiss.

Da hat er sich allerdings zu früh gefreut, denn jetzt mache ich einen blitzschnellen Schritt auf ihn zu, schnappe mir mit der gesunden Hand den Laptop und rausche aus dem Zimmer.

Logo schießt mein Bruder sofort vom Stuhl hoch und stürmt mir hinterher. Aber ich bin schneller, wirbele um die eigene Achse und stoße ihm die Tür mit dem Fuß vor der Nase zu. – Peng!

Anschließend rase ich wie eine Bekloppte die Treppe hinunter. Jeder einzelne Schritt tut mir in den Knien und der Hüfte weh, aber egal: Ich muss den Laptop retten. Und mich natürlich auch.

Es ist reines Glück (oder echtes Können), dass ich nicht von den Stufen abrutsche und mich ein weiteres Mal auf die Nase lege. In buchstäblich allerletzter Sekunde erreiche ich mein Zimmer, benutze noch einmal meinen Fuß, um die Tür zu schließen, und lehne mich mit ganzer Kraft rücklings dagegen.

»Du blöde Kack-Kuh!«, wettert Teo auf der anderen Seite und rappelt wie ein Dummie an der Klinke. »Gib mir den Compi oder ich ruf Moms an.«

»Mach doch!«, brülle ich, hoch zufrieden darüber, dass ich trotz meiner Verletzungen offenbar mehr Kraft habe als er, denn sosehr Teo es auch versucht, es gelingt ihm nicht, die Tür auch nur einen Millimeter aufzudrücken.

Oder renn dir meinetwegen auch den Schädel ein, füge ich im Stillen hinzu. Das kann an seinem Gehirn nämlich auch nicht mehr viel kaputt machen.

Vorsichtig lasse ich den Laptop zu Boden gleiten und taste nach dem Schlüssel. Dabei muss ich den Druck gegen die Tür auf meine rechte Rückenhälfte verlagern, und dabei passiert es! Mein Bruder gewinnt für einen Moment die Oberhand, und die Tür öffnet sich einen Spalt.

»Achtung! Finger weg!«, schreie ich und donnere meine rechte Schulter mit Karacho dagegen.

Die Tür schnappt zu, und ich drehe blitzschnell den Schlüssel um. Danach sinke ich leise jaulend neben Moms' Laptop zu Boden. Der Schmerz zieht von meiner Schulter bis in mein lädiertes Daumengelenk hinunter.

»Was bist du bloß für ein Idiot, Em!«, beschimpfe ich mich selbst. »Riskierst dein Leben für einen dämlichen Computer.«

So bescheuert muss man echt mal sein.

Spätestens nach einer Stunde hätte Teo ohnehin das Interesse an dem Ding verloren, und bis dahin hätte ich mich in aller Ruhe um das Loch in meiner Jeans kümmern – und mein Tablet aufladen – können. Jetzt allerdings wird er geradezu von dem Gedanken besessen sein, wie er sich an mir rächen kann. Prompt fällt mir Missie H. ein und schon geht mir der Hintern auf Grundeis. Hoffentlich hat meine Mieze sich gut versteckt. Und hoffentlich, hoffentlich hat sie vorher nicht den Hulk zu Kleinholz verarbeitet – was natürlich übertrieben ist, weil unsere Katzen sich immer nur halbernst raufen. Aber wenn Teo erst einmal wütend ist (und Jungs sind immer wütend, wenn sie den Kürzeren ziehen), dann wird er Missie H.s Sieg über seinen Hulk auf keinen Fall hinnehmen.

Plötzlich registriere ich eine Bewegung unter meinem Bett, und kurz darauf krabbeln Missie H. und Hulk in friedlichster Eintracht darunter hervor.

Juhuuu! Mein Herz macht einen Hüpfer, und der Schmerz in meinem rechten Arm ist augenblicklich vergessen.

»Hallo, ihr Süßen«, wispere ich, dann hole ich tief Luft und rufe: »Teeeooo!?«

»Ich bin ja nicht taub«, knurrt mein Bruder auf der anderen Seite der Tür. (Er ist also noch immer dort!) »Wenn du allerdings noch mal so laut schreist, bin ich's.«

»Na und?«, sage ich und setze zu meinem eigentlichen Triumpf an: »Falls du übrigens Hulk vermissen solltest …«

Hinter der Tür herrscht Totenstille, und ich fange an, die Sekunden zu zählen, die es dauert, bis mein Bruder seine Kapierzellen auf Linie gebracht hat.

»Du blöde …«, blökt er los.

»Kack-Kuh, ich weiß«, murmele ich grinsend.

Ein Trommelhagel aus wild gewordenen Fäusten donnert auf meine Zimmertür ein. Das Ganze dauert exakt dreiundvierzig von mir genüsslich mitgezählte Sekunden, bevor wieder Stille einkehrt. Entweder hat Teo aufgegeben (möglich, aber nicht sehr wahrscheinlich), sich die Fäuste wund geschlagen (was ihm ganz recht geschähe), oder in seinem Hirn ist so etwas wie Vernunft eingekehrt (unwahrscheinlich bis ausgeschlossen).

Ganz sicher mache ich nichts verkehrt, wenn ich mich ihn betreffend auf alles einstelle, was in irgendeiner Weise mit Blödheit und/oder Gewalt zu tun hat.

Nach einer Weile lässt der Schmerz in meinem Arm nach. Hulk und Missie H. haben sich inzwischen auf meinem Bett zusammengekuschelt. Sie putzen sich gegenseitig und schnurren dabei vor sich hin.

Von Teo ist nichts mehr zu hören. Vermutlich hat er sich in sein Zimmer verzogen, um dort in Ruhe auf Rache zu sinnen.

Ich breite die Jeans auf dem Boden aus und hebe leise den Kartondeckel ab, damit die Katzen nicht aufmerksam werden. Dann lasse ich meinen Blick über die bunten Bänder und Litzen wandern. Zwei verschiedene brauche ich, die nicht zu auffällig gemustert sind, aber farblich gut zusammenpassen, denn ich möchte sie zu einem Webstück verflechten und dieses an der Innenseite der Jeans hinter dem Loch festnähen.

Suchend gleiten meine Finger über ein türkis-blau gepunktetes, ein dunkelblaues und ein brombeerfarbenes Band. Schließlich ziehe ich ein circa einen halben Meter langes und vier Zentimeter breites Stück schwarze Spitze heraus. Ich recke mich in die Höhe und greife nach der Schere auf meinem Schreibtisch. Der Versuch, die Spitze mit der gesunden linken Hand in vier schmale Streifen zu schneiden, scheitert jedoch kläglich.

Miste-Piste! Dabei wird Anna mir wohl helfen müssen.

Leider bin ich heute Morgen nach der Visite mit meinen Gedanken schon bei Anna und bei Pops an der Nordsee gewesen und habe nicht genau zugehört, was der Doc meiner Mutter über den zu erwartenden Heilungsprozess erzählt hat. Es wäre nämlich absolut oberübel, wenn ich diesen blöden Verband die ganzen (oder auch nur die halben) Ferien tragen müsste und meinen Daumen so gut wie gar nicht gebrauchen könnte.

Kein Nähen, kein Stricken, kein Häkeln, kein überhaupt nix. OMG! Vermutlich werde ich an Langeweile sterben. Und Anna gleich mit dazu. Es sei denn, sie hat Lust, mir einen vor zu DIYen. – Und ich ich sähe ihr dabei zu (*augenverdreh*)!

Nein, das sind wirklich keine erfreulichen Aussichten. Die einzige gemeinsame Aufgabe, die uns dann noch bliebe, wäre an unserem Blog zu feilen. Immerhin! – Dabei fällt mir ein, dass ich mich endlich einmal um meine allerneueste Idee kümmern und die Telefonnummern aller Tierheime in der Umgebung heraussuchen müsste. Und dafür brauche ich nun echt keine zwei Hände!

Um zwanzig vor zwei klingelt es an der Wohnungstür. – Das muss Anna sein!

Ich nehme die Finger von der Tastatur und schnelle vom Stuhl hoch. Dabei fällt mein Blick auf die friedlich schlummernden Katzen, und siedend heiß wird mir klar, welches Risiko ich eingehe, wenn ich mein Zimmer verlasse und in den Flur hinausstürme. Denn garantiert lauert Teo mir dort auf. Womöglich stopft er mir eine Serviette in den Mund und fesselt mich an die Garderobe.

Es hilft also nichts – sicherheitshalber muss Anna den etwas unbequemeren Weg durchs Fenster zu mir hereinnehmen. Aber mit meiner tatkräftigen Unterstützung wird sie es schon schaffen!

Ich bin bereits auf dem Sprung dorthin, als ich höre, wie die Haustür geöffnet wird.

Verdammt!

»Teo, du Sack, lass sie bloß in Ruhe!«, brülle ich, lege ratzfatz eine viel zu stolperige Kehrtwende hin – stoße mir das wunde Knie an der Stuhllehne (»Aaaoouuuh!«) – gerate ins Straucheln – fange mich am Regal ab (und fege dabei den dicken Weltatlas zu Boden) – flitze auf die Tür zu – drehe etwas umständlich (linke Hand) den Schlüssel herum – drücke die Klinke herunter – und höre Teo schleimen: »Hi, Anna. Cool, dass du diese Woche bei uns wohnst.«

»Hallo Teo«, erwidert Anna, und so, wie sie es sagt, besteht nicht der geringste Zweifel daran, dass sie ein fettes Lächeln im Gesicht hat. »Das finde ich auch.«

Ich reiße die Tür nun ganz auf und bedeute ihr, schnellstmöglich zu mir zu kommen. Doch Anna lässt sich alle Zeit der Welt, streift in Seelenruhe ihre Sandalen ab und hört gar nicht mehr auf, meinen Bruder anzulächeln.

»Alles reine Strategie«, raunt sie mir zu, nachdem sie in mein Zimmer geschlüpft ist und die Tür hinter sich zugezogen hat. »Immerhin muss ich vier lange Tage mit ihm auskommen.«

»Musst du nicht«, schärfe ich ihr ein. »Im Gegenteil, du …«

»Dann willst du dich also die ganze Zeit mit Sarah fetzen, oder wie?«, fährt sie dazwischen.

»Nein, aber … keine Ahnung! Ehrlich gesagt habe ich noch keine Sekunde drüber nachgedacht.«

»Dann tu es jetzt!«, fordert sie mich auf, lässt sich auf mein Bett plumpsen und zieht Missie H. und Hulk auf ihren Schoß. Die beiden Miezen rekeln sich und lecken über Annas nackte Arme.

»Na jaaa«, sage ich gedehnt. »Eigentlich bringt es ja nichts, wenn ich mich mit Sarah vertrage, oder?«

»Klar, außer dass meine Mam wahrscheinlich schon nach einem Tag genervt ist«, meint Anna mit einem Achselzucken, »und die ganze Aktion sofort wieder abbricht.«

Hm, das wäre natürlich ziemlich blöd.

»Wieso hat sie überhaupt so schnell zugestimmt?«, frage ich.

Diese Erklärung ist Anna mir ja ohnehin noch schuldig.

»Tja, was glaubst du wohl?«, erwidert sie und schiebt Hulk und Missie H. kichernd zur Seite. »Wenn ihr nicht mit dieser Leckerei aufhört, müsst ihr euch leider verziehen. Das kitzelt nämlich fürchterlich.«

»Keine Ahnung. Vielleicht, weil sie hofft, dass ich es cool finde, mit jemand anderem in einem Zimmer zu wohnen, und dir hinterher davon vorschwärme?«, rätsele ich.

Anna nickt. »Genau. Außerdem glaubt sie, dass es auch

für Sarah gut wäre, wenn sie lernt, auf andere Rücksicht zu nehmen.«

»Ach, und das tut sie bei dir nicht?«, feixe ich, woraufhin Anna nur eine genervte Grimasse zieht.

»Okay«, seufze ich. »Sollen wir jetzt mal raten, wer von uns beiden die Po-Karte gezogen hat?«

Anna hebt sofort abwehrend die Hände. »Das Ganze war nicht meine Idee«, verteidigt sie sich. »Bedank dich bei Maylin.«

Einen Teufel werde ich tun! May hat es doch nur gut gemeint. Außerdem hätte ich ja auch Nein sagen können. – Oder im Vorhinein darüber nachgedacht, welche Konsequenzen diese Aktion hat.

»Ich krieg das schon hin«, murmele ich.

»Was?«, fragt Anna.

Ich bedenke sie mit einem kurzen Blick. »Wirst du schon sehen.«

Meine Freundin kneift die Augen zusammen und mustert mich misstrauisch. »Wenn du irgendwas vorhast …«

Ich recke gespielt provozierend mein Kinn hervor. »Ja? Was dann?«

»Musst du es mir sagen«, verlangt sie.

»Nö«, gebe ich zurück. »Müssen tu ich gar nichts.«

Schließlich hat Anna manchmal auch so ihre Geheimnisse vor mir. »Lass dich doch einfach mal überraschen«, füge ich augenzwinkernd hinzu.

Anders als gedacht

»Auf deinen Arm kann ich keine Rücksicht nehmen«, eröffnet Sarah mir, gleich nachdem ich mit meiner Zahnbürste bei den Gerlachs eingezogen bin.

Inzwischen ist es kurz nach halb sechs. Annas fünfzehnjährige Schwester hockt in pinkfarbener Jogginghose und silbern schimmerndem Tanktop auf ihrem Bett und poliert sich die Fingernägel.

»Musst du ja auch nicht«, erwidere ich, während ich mich im Zimmer umsehe.

Es ist verdammt eng hier. Annas und Sarahs Bett trennen gerade mal vier Schrittlängen. Dazwischen befinden sich zwei winzige Nachtschränkchen, ein Regal und Sarahs Schreibtisch. Die gegenüberliegende Wand wird nahezu komplett von einem überdimensionalen Kleiderschrank eingenommen, und mitten im Raum macht sich ein riesiger Plüschsessel breit, auf dem sich so viele Klamotten stapeln, dass ich mich frage, wozu Sarah den Kleiderschrank überhaupt braucht.

»Mein Arm, mein Problem«, setze ich hinzu und lasse mich auf Annas Bett fallen.

Sarah spreizt die Finger und betrachtet eingehend ihre Nägel.

»Gut«, brummt sie. »Dann sind wir uns ja einig.«

Ich halte es für das Beste, gleich klare Fronten zu schaffen und sage: »Falls du die Sache mit deinem Freund meinst …«

»Pssst!« Sarah presst sich den Zeigefinger auf den Mund und guckt mich entsetzt an.

»Was hast du denn?«, frage ich verwundert. »Außer uns ist keine Menschenseele hier.«

»Doch, Lea«, knurrt Sarah. »Die Frage ist allerdings, ob die so etwas wie eine Seele besitzt. Wahrscheinlich sieht sie nur aus wie ein Mensch.«

»Und ist in Wahrheit was?«, hake ich nach.

Dass Sarah und Lea sich noch mehr streiten als Teo und ich, und Anna ständig als Puffer dazwischenhängt, ist schließlich kein großes Geheimnis.

»Was weiß ich«, meint Sarah schulterzuckend und schraubt ein Fläschchen quietschroten Nagellack auf. »Ein Nilpferd. Oder ein Trampeltier.«

»Na, dann hat sie sich aber wirklich gut getarnt«, gebe ich grinsend zurück. Lea ist nämlich ein ziemlich zierliches Mädchen. »Abgesehen davon befindet sich ihr Zimmer am anderen Ende des Flurs.«

Und ist mindestens doppelt so groß wie dieses!

»Ich wette, Lea hängt am Schlüsselloch und lauscht«, orakelt Sarah, während sie ihre Nägel liebevoll mit dem roten Quietschlack bepinselt.

Das dazugehörige Fläschchen hat sie gefährlich nah an der Kante ihres Nachtschränkchens abgestellt.

»Sie wollte nämlich, dass du bei ihr wohnst, aber das hat Mama leider nicht erlaubt«, fügt sie seufzend hinzu. »Jedenfalls brauche ich mein Zimmer hauptsächlich für mich«, fährt sie nach einer kurzen Spreiz-die-Finger-und-prüf-den-Nagellack-Pause fort. »Anna und du könnt euch nachmittags ja auch bei dir treffen. Am besten, ihr fahrt nach der Schule direkt zu euch, und du kommst irgendwann nach dem Abendessen hierher.«

Ich sehe Sarah empört an.

»Und wie soll ich dann, bitte schön, mein Projekttagebuch führen?«

(Das ich soeben erfunden habe!)

»Ka A!«, blökt sie. »Saug dir halt was aus den Fingern. Eure komische Schnacke-Kacke-Klassenlehrerin weiß doch eh nicht, wie es bei uns abgeht.«

Damit hat Sarah zweifellos recht. Aber Frau Schnacke-Kacke ist ja nun mal nicht der Grund für unseren Familientausch. Tja, und ehrlich gesagt, jetzt, wo ich hier hocke und mich alles andere als behaglich fühle, ist mir völlig schleierhaft, was Anna und mich eigentlich so sehr an Maylins Vorschlag begeistert hat.

Du hast eine Mission zu erfüllen, Em, sage ich mir.

Zumindest habe ich mir das fest vorgenommen. Anna weiß zwar nichts davon (schließlich möchte ich nicht, dass sie enttäuscht ist, wenn es nicht klappen sollte), aber allein um meinem Bruder zu entfliehen, habe ich dieser Aktion natürlich nicht zugestimmt. Vier Tage sind allerdings ganz schön knapp.

Umso wichtiger ist es, keine Zeit zu verlieren.

»Es ist doch nur, weil du ungestört mit deinem Freund rummachen willst, stimmt's?«, sage ich daher so laut, dass Lea (falls sie tatsächlich mit ihrem Ohr am Schlüsselloch hängt) garantiert jedes Wort versteht.

»Mensch, halt bloß die Klappe!«, faucht Sarah.

Sie springt vom Bett auf und stößt dabei mit ihrem Arm gegen das Nachtschränkchen. Das offene Nagellackfläschchen fällt herunter, und das Quietschrot ergießt sich über eine zusammengeknüllte Socke, die auf dem Boden liegt.

»Sieht aus wie eine massakrierte Ratte«, stelle ich nüchtern fest.

»Iiih!«, kreischt Sarah. »Was hast *du* denn für 'ne eklige Fantasie!«

Stimmt! Ein solcher Kommentar passt eher zu meinem Bruder Teo als zu mir. Aber egal. In dieser Wohnung bin ich weder richtig Emely noch richtig Anna, sondern irgendwas dazwischen. Vielleicht sogar etwas echt Gruseliges.

»Lea und meine Eltern dürfen auf keinen Fall erfahren, dass ich einen Freund habe«, zischt Sarah mir zu, während sie die blutüberströmte Ratte vom Boden klaubt, in zwei Kilo Kleenex-Tücher wickelt und im Papierkorb versenkt.

»Schon klar«, erwidere ich, »und deine Freundinnen auch nicht.«

Sarah wirft mir einen bösen Blick zu. Bevor sie mir jedoch irgendwelche schrägen Anweisungen erteilen kann, stelle ich sie vor vollendete Tatsachen.

»Du kannst dich morgen Nachmittag zwischen drei und fünf Uhr mit deinem Freund hier treffen«, sage ich. »Als Gegenleistung darf ich dein Notebook benutzen, und zwar so oft ich will.«

Sarah reißt Mund und Augen auf, sodass sie für einen

Moment wie ein riesiger Zierfisch aussieht, doch anstatt lautstark zu protestieren oder mir einen grausamen Tod zu prophezeien (wie Teo es tun würde), stößt sie nur einen Riesenschwall heiße Luft aus und meint dann achselzuckend: »Abgemacht.«

Und damit wäre der erste Schritt getan.

Annas Eltern überschlagen sich geradezu vor Nettigkeit. Beim Abendessen fragen sie mich so oft, ob alles in Ordnung sei oder ich irgendwelche speziellen Wünsche hätte, dass ich kaum zum Essen komme.

»Bestimmt vermisst du dein Kätzchen, nicht wahr?«, fragt Susanne Gerlach gerade, als ich in meine Quark-Radieschen-Schnitte beißen will. »Aber mach dir keine Sorgen, Anna wird sich ganz sicher sehr gut um die Kleine kümmern.«

»Na ja, so klein ist Missie H. gar nicht mehr«, erwidere ich, woraufhin Herr Gerlach lächelnd nickt und sich fürsorglich erkundigt, ob ich Hilfe beim Anziehen benötige.

»Scheu dich nicht, Sarah zu bitten«, ermuntert er mich. »Sie ist sehr sozial eingestellt und macht das wirklich gern.«

Annas ältere Schwester wirft ihrem Vater ein Kussmündchen zu – was er nicht mitkriegt, weil er sich voll und ganz auf mich konzentriert – und brummt: »Klar doch, Papa.«

»Wir möchten, dass du dich hier wohlfühlst«, fügt Frau Gerlach hinzu und tätschelt mir den gesunden Arm.

»Und in deinem Projektbericht nur Gutes über uns schreibst«, bemerkt Sarah bissig.

»Musst du echt was über uns schreiben?«, erkundigt Lea sich verwundert.

»Mhm«, schwindele ich und nicke mit dem Kopf. »Ich über euer und Anna über mein Zuhause.«

Herr Gerlach zwinkert mir zu.

»Na, dann müssen wir uns bis Freitag wohl ganz besonders gut benehmen«, witzelt er.

»Eben nicht«, widerspreche ich. »Eigentlich soll alles genauso ablaufen wie immer. Und Sie müssen mich auch nicht anders behandeln als Anna«, ergänze ich mit einem vielsagenden Blick auf Frau Gerlach.

»Siehst du, Mama!« Lea wirft triumphierend eine Cherrytomate in die Luft und fängt sie mit dem Mund auf. »Ich hab es doch gewusst!«, nuschelt sie kauend. »Mit Emely darf ich mich also *auch* streiten.«

Über Leas Bemerkung denke ich noch eine ganze Weile nach. Mittlerweile ist es fast halb zehn. Ich liege eingehüllt in ein aprikosengelb-himbeersoufflérot gestreiftes Nachthemd in Annas Bett und starre gegen die Zimmerdecke.

Bis vor wenigen Minuten hat Sarah noch wie blöd auf ihrem Handy herumgetippt und dabei abwechselnd gestöhnt, gelacht, geflucht oder so dämlich vor sich hin gegrient, dass ich bereits befürchtete, jemand hätte ihr das Gehirn ausgesaugt. Dann ist zum Glück ihre Mutter ins Zimmer gekommen und hat sie energisch ermahnt, endlich das Licht auszumachen. Erstaunlicherweise hat Sarah dem widerspruchslos Folge geleistet.

Unter ihrer Bettdecke erkenne ich allerdings ein mattes Leuchten. Wahrscheinlich whatsappt sie noch bis tief in Nacht hinein. – Na, von mir aus!

Das Licht stört mich nicht, und was Sarah mit ihren Freundinnen oder mit Jan zu besprechen hat, interessiert mich nicht die Bohne. Dafür frage ich mich umso mehr, wie Anna sich hier in ihrem Zuhause wohl tatsächlich fühlt.

Über ihre Schwestern redet sie ja nicht gerade viel. Im Grunde erzählt sie mir immer nur das Nötigste. Zum Beispiel wenn etwas Außergewöhnliches vorgefallen ist, oder wenn ich Lunte wittere und ihr dann die berühmten Würmer aus der Nase ziehen muss. Tja, und ihre Eltern kenne ich fast nur aus der Tierarztpraxis. Denn meistens verbringen Anna und ich unsere Nachmittage bei uns.

Mit einem Mal ist mir nicht nur etwas unbehaglich, sondern richtig komisch zumute.

Ist es möglich, dass Anna mir nicht nur nicht immer alles erzählt, sondern mir sogar etwas verheimlicht? Oh Mann, darauf muss ich sie unbedingt ansprechen. Vorsichtig natürlich. Aber wenn ich schweige und dieses dumme Gefühl nicht herauslasse, platze ich. Reiß dich zusammen, Em, ermahne ich mich. Und warte damit, bis wir bei Pops an der Nordsee sind.

In einer anderen Umgebung und ein paar hundert Kilometer weg von daheim wird es bestimmt leichter sein, meiner Freundin Dinge zu entlocken, die sie eigentlich für sich behalten wollte.

Und in der Zwischenzeit werde ich zusehen, was ich zimmertechnisch für sie tun kann.

»Ich weiß gar nicht, was du hast«, begrüßt Anna mich am nächsten Morgen, als wir uns auf dem Weg zur Schule in der U-Bahn treffen. »Teo ist doch gar nicht so übel.«

»Ach nee«, sage ich und mustere sie schmunzelnd von oben bis unten. »Und du siehst zur Abwechslung ja mal richtig hip aus.«

»Aber du«, erwidert Anna glucksend und pikt mir ihren Zeigefinger in den Bauch. »Sensationell, dass du dich so überhaupt vor die Tür getraut hast!« Ihr Finger gleitet über das lachsrosa Top, das am Halsausschnitt mit orangenen Stoffblumen verziert ist, hinunter bis zu meinem rechten Oberschenkel, der in einer türkisfarbenen Leggins steckt. Darüber trage ich einen ausgefransten Jeansminirock. »Ich wusste gar nicht, dass ich den noch habe!«, stößt sie lachend aus.

»Hab ihn im untersten Fach deiner Kleiderschrankhälfte gefunden«, erkläre ich.

Anna schüttelt den Kopf. »Hast du etwa meine ganzen Sachen durchgesehen?«

»Klar doch«, bestätige ich. »In der Hoffnung irgendetwas Dunkles zu finden. Grau oder dunkelblau.«

Schwarze Teile, wie ich sie liebe, besitzt meine Freundin nämlich nicht. Dabei passt die schwarze Slim-Jeans und mein graues Shirt mit dem schwarzen Schmetterlingsaufdruck richtig toll zu Annas kupferroter Lockenmähne. Dazu trägt sie meine geliebte schwarze Häkelmütze mit dem Nietensaum und zwei rote Lederarmbänder, in die ich schwarze Glitzersteine gestanzt habe. Das Einzige, in dem sie sich noch immer von mir unterscheidet, ist die Art, wie sie meine Chucks trägt. Während sie mit beiden Beinen in roten Stoffschnürschuhen steckt, spaziere ich stets in einem roten und einem schwarzen umher. Das ist sozusagen mein Markenzeichen – und dem bin ich auch in Annas Style treu geblieben.

Breit grinsend strecke ich ihr meine Füße entgegen.

»Woh!«, staunt meine Freundin und hält mir ihre Hand hin, damit ich einschlagen kann. »Das nenne ich ja mal den Gigagau! Zwei komplett verschiedene Sandalen!«

Jawoll! Mein linker Fuß glamourt im zitronencremegelben Retro-Look und meinen rechten zieren orangerote Lackriemchen. Unter normalen Umständen würde ich mich eher ins Weltall schießen, als so etwas an meinen Körper zu lassen, aber normale Umstände haben ja gerade Pause.

»Fühlt sich an wie Fasching mitten im Sommer«, lache ich.

»Haha. Mit diesem Schuh-Outfit stellst du glatt Maylins Filzstiftpunkte in den Schatten«, frotzelt Anna. »Garantiert fallen alle Jungs sofort über dich her.«

»Ich hoffe nicht«, sage ich und spüre geradezu, wie das Grinsen in Blitzsekundenschnelle aus meinem Gesicht weicht.

Denn in diesem Moment fällt mir Julius ein und der Liebesbrief, den Maylin an ihn geschrieben hat. Sofort stoße ich ein stilles Gebet aus. Hoffentlich hat er sie nicht abblitzen lassen und ist am Freitag mit ihr ins Kino gegangen!

Mannomann, was bin ich bloß für ein gefühlloser Dussel!

Über WhatsApp haben wir nämlich nur über mich, mein Missgeschick und meinen lädierten Daumen geschrieben, aber nicht ein einziges Wort über Julius verloren. Okay, ich wünsche mir auch nicht unbedingt, dass sie mit ihm zusammenkommt. Maylin hat nämlich echt was Besseres verdient. Noch weniger aber möchte ich, dass sie traurig ist.

»Und überhaupt«, brumme ich, damit ich nicht länger über sie und Julius nachdenken muss, »was findest du eigentlich an Teo nicht schlimm?«

»Alles«, antwortet Anna rundheraus.

»Wie jetzt?«

»Na ja. Er ist freundlich …«

Nie und nimmer!

»Fast schon höflich.«

»Bist du sicher, dass du von Teo sprichst?«, hake ich vorsichtshalber nach. »Äh, ich meine, vielleicht hat er sich ja *auch* auswechseln lassen.«

Zum Beispiel gegen seinen besten Kumpel Hannes oder so.

»Quatsch!« Anna tippt sich an die Stirn. »Ich weiß doch, wie dein Bruder aussieht!«

»Nämlich wie?«

»Nett.«

Ganz sicher nicht!

»Eigentlich ist er sogar irgendwie hübsch«, fährt Anna fort. Sie senkt kurz den Blick und nestelt an ihrem (äh, meinem) T-Shirt herum. »Na ja, wieso auch nicht«, meint sie, nachdem sie zartrosa angelaufen ist. – Was im Übrigen überhaupt nicht zu meinem Nieten-Look passt! »Du bist es schließlich auch.«

»Was?«

»Hübsch.«

»Also«, sage ich, »erstens bin ich total anderer Meinung.« Anna ist nämlich auf jeden Fall hübscher als ich. »Zweitens bin ich ein Mädchen.« Und die sehen naturgemäß schon mal sehr viel besser aus als jeder (ich betone: JEDER!) Junge. »Und drittens finde ich sogar einen Pflasterstein ansehnlicher als meinen Bruder.«

»Ja, du«, erwidert Anna. »Du bist ja auch seine Schwester.«

Stimmt haarscharf. Ich kapiere nur nicht, was das eine mit dem anderen zu tun hat.

»Es ist noch gar nicht so lange her, da hast du Jungs als Fremdlinge bezeichnet«, erinnere ich sie. »Oder sogar als Aliens.«

»Das tue ich auch immer noch«, versichert sie mir. »Trotzdem finde ich, dass man sie nicht einfach alle über einen Kamm scheren darf. Es gibt nun mal solche und solche.«

»Aha«, schlussfolgere ich. »Und Teo ist also ein solcher.«

Anna nickt. »Genau.«

Was auch immer das zu bedeuten hat! Vertiefen werde ich das Thema jetzt aber auf keinen Fall. Es gibt nun echt Aufregenderes, als sich über meinen Bruder zu unterhalten, und deshalb versuche ich das Thema vorsichtig auf Annas Zuhause zu lenken.

»Deine Mutter ist übrigens total süß«, sage ich so beiläufig wie möglich, damit meine allerbeste BF nicht sofort misstrauisch wird.

»Hmhm.« Anna zieht eine Schnute. »Kann sein.«

»Na jaaa …«, sage ich und dehne das »a« so lang wie ein Bandwurmkaugummi. »Jedenfalls schwirrt sie mehr um mich rum als meine.«

»Och«, erwidert Anna schulterzuckend. »Weiß nicht. Ich finde deine eigentlich auch ziemlich nett.«

»Klar«, erwidere ich und nicke eifrig mit dem Kopf. »Wie Mamas eben so sind. Irgendwie ähneln sie sich ja alle.«

Auf einen direkten Vergleich möchte ich es jetzt lieber doch nicht ankommen lassen. Es fehlte nämlich noch, dass wir uns ausgerechnet wegen unserer Mütter in die Haare kriegen.

»Und wie läuft's mit Sarah?«, fragt Anna und deutet auf meine verbundene Hand. »Hilft sie dir? Zum Beispiel beim Anziehen oder so?«

Na, besten Dank auch! Sarah würde ich es nämlich glatt zutrauen, dass sie mir die T-Shirts verkehrt herum über den Kopf zieht.

»Nee, nee«, sage ich. »Das kann ich allein. Dauert zwar ein bisschen länger, aber es geht.«

»Gut.« Anna kräuselt die Lippen. »Und sonst?«

»Was meinst du?«

»Darfst du das Zimmer nutzen, wie es dir in den Kram passt?«

»Tja, also, wenn du es genau wissen willst …«, beginne ich und beobachte meine Freundin dabei sehr genau, »… ich habe einen Deal mit Sarah gemacht. Sie hat am Mittwoch für zwei Stunden sturmfrei. Dafür darf ich an ihr Notebook, wann immer ich es brauche.«

»Ach …«, staunt Anna. »Und darauf hat sie sich eingelassen?«

»Was anderes blieb ihr ja nicht übrig«, sage ich grinsend.

»Ähm, wieso?«

»Na, überleg doch mal!«

Und das tut Anna dann auch. Ihre Augen bleiben starr auf mich gerichtet, und ihre Stirn schlägt zentimeterhohe Wellen. Ich bilde mir sogar ein, ihre Gehirnzellen klackern zu hören.

»Hast du Sarah etwa erpresst?«, platzt es nach einer Weile aus ihr heraus.

»Das musste ich gar nicht«, erwidere ich. »Deine Schwester ist ja nicht blöd. Ihr ist auch so klar, dass ich jederzeit zu deinen Eltern oder ihren dusseligen Freundinnen rennen und sie verpetz…«

»Das würdest du niemals tun!«, unterbricht Anna mich.

»Stimmt«, bestätige ich. »Aber das weiß Sarah ja nicht.«

Meine Freundin sackt in sich zusammen wie ein poröser Luftballon.

»Siehst du«, gibt sie frustriert zurück. »Das ist eben der Unterschied. Dich kann Sarah überhaupt nicht einschätzen, und über mich lacht sie sich schon halb tot, wenn ich nur das Zimmer betrete.«

»Quatsch!«, sage ich.

»Glaubst du mir etwa nicht?«, blafft Anna mich an.

»Doch … klar …«, antworte ich, allerdings wohl ein wenig zu halbherzig, denn jetzt schnellt sie von ihrem Platz hoch und stapft auf die Tür zu.

»Mann ey!«, rufe ich ihr nach. »Was kann ich denn dafür, dass du dich nicht mit Sarah verstehst?«

Meine Freundin sieht mich kurz an und schießt ein paar wütende Blitze auf mich ab. Dann rollt die Bahn in unserer Station ein. Die Türen öffnen sich schnaufend, und Anna verschwindet

Na toll! Dieses erste Vortasten in Annas Familienleben war wohl doch nicht vorsichtig genug.

Gefühlschaos, Knutschtheorien und eine ernüchternde Schlussfolgerung

Lustigerweise beachten die Jungs mich kaum, als ich den Klassenraum betrete. Die meisten halten den Kopf gesenkt und glotzen auf ihre Smartphones, lesen im *Kicker* oder einer PC-Games-Zeitschrift oder boxen sich gegenseitig von den Stühlen. Selbst Julius ist so sehr mit sich selbst und irgendwas, das er hinter vorgehaltener Hand in sein Heft kritzelt, beschäftigt, dass er auf niemand anderen achtet. Ich allerdings sehe sofort, dass Anna nicht auf ihrem Platz sitzt.

»Hey, Emely, wie siehst du denn aus?«, höre ich Ann-Christin hinter mir rufen, und ehe ich bis drei zählen kann, bin ich von einem Haufen Klassenkameradinnen umringt.

»Oder müssen wir dich jetzt etwa Anna nennen?«, giggelt Michelle und zupft an meinem T-Shirt. »Der Jeansrock steht dir übrigens megaaa!«, fährt sie enthusiastisch fort, während ihr Blick langsam an meinen Beinen hinuntergleitet. »Oh mein Gott, halt mich fest!«, kreischt sie los und krallt ihre Finger in Franzis Oberarm. »Sonst kipp ich noch aus den Latschen.«

»Lieber nicht«, sage ich, »ich habe nämlich eine Schwäche für Schuhe. Wenn du nicht aufpasst, schnappe ich sie mir und kombiniere sie morgen mit meinen Dr. Martens.«

»Du bist ja echt crazy«, stöhnt Ann-Christin und betrachtet kopfschüttelnd meine Füße. »Dass du so rumläufst!«

»Ich hol mal mein Handy und mach ein Foto«, kündigt Jane an und will bereits hinter Michelle abtauchen, doch ich halte sie am Handgelenk zurück. »Untersteh dich!«

Jane guckt mich verständnislos an. »Wieso denn?«

»Ganz einfach: Weil ich nicht fotografiert werden will«, erwidere ich. »Und schon gar nicht möchte ich, dass das Foto herumgeschickt wird und womöglich noch irgendwo im Internet auftaucht.«

»Pfff«, macht Franziska. »Bei Maylins Foto im Hochseilgarten hattest du doch auch nichts dagegen.«

»Das waren ja auch tolle Bilder, die zeigen, was May alles draufhat«, entgegne ich. »Aber mich willst du doch nur fotografieren, damit du dich mit anderen darüber amüsieren kannst. Und so etwas finde ich voll daneben!«

»Ja, klar.« Michelle wirft ihre langen blonden Locken zurück und verdreht die Augen. »Emely Weltverbesserin. Du machst natürlich immer alles richtig.«

»Wo ist überhaupt deine geliebte Anna?«, will Jane wissen. »Und was trägt *sie* heute für Klamotten? Etwa deine?«

»Das geht dich ja wohl gar nichts an«, knurre ich, lege den Rückwärtsgang ein und latsche prompt Femke auf die Füße, die intelligenterweise genau hinter mir steht.

»Autsch«, quäkt sie. »Kannst du nicht aufpassen?«

»Tut mir leid, aber ich habe hinten keine Augen«, sage ich und schiebe sie ein wenig unsanft zur Seite.

Bevor ich jedoch die Flucht antreten kann, zerrt Franziska mich am Rockbund zurück.

»Habt ihr euch etwa gezofft? Anna und du?«, fragt sie lauernd.

»Das hättest du wohl gerne, he?«, zische ich und kneife ihr in den Unterarm, damit sie meinen Rock loslässt.

»Mann, bist du bescheuert oder was?«, blafft sie.

»Das Gleiche könnte ich dich fragen«, gebe ich schnippisch zurück.

»Pfff!«, macht Jane, dann jubelt sie plötzlich los: »Dachte ich's mir doch! Die Unzertrennlichen haben sich gecrashed, und jetzt lässt Emely ihre Wut auf Anna an *uns* aus.« Hämisch grinsend deutet sie auf meine verbundene Hand. »Guckt euch das an: Emely hat sich sogar mit ihr gekloppt.«

»Na, du musst es ja wissen«, brumme ich.

»Außerdem wäre das wohl kaum ein Grund zum Feiern«, höre ich Maylin entrüstet rufen, und im nächsten Moment zwängt sie sich zwischen Franziska und Ann-Christin hindurch.

»Och«, erwidert Jane, verschränkt die Arme vor der Brust und guckt triumphierend in die Runde. »Eine kleine Sensation wäre es aber schon.«

»Für dich vielleicht«, erwidert May mit fester Stimme und stellt sich demonstrativ neben mich. »Du freust dich ja immer, wenn es jemandem mal nicht so gut geht.«

»Ach, halt bloß die Klappe, du Opfer«, faucht Jane. »Du hast doch garantiert schon wieder mehr Filzstifte gefrühstückt, als dein Erbsengehirn vertragen kann.«

»Ja, klar«, gibt Maylin gelassen zurück. »Ich verdaue sie ja auch mit dem Gehirn und nicht mit dem Magen.«

»Ts!« Jane lacht richtig laut auf, und plötzlich glotzen auch

Julius und ein paar der anderen Jungs zu uns herüber. »Was redest du bloß für einen Müll! Offenbar bist du wirklich schon total ballaballa von den ganzen Giftstoffen, die du aus den Filzern in dich reingenuckelt hast.«

»Schluss jetzt!«, platze ich wütend heraus. »Ihr seid einfach nur schrecklich. Peinlicher geht's echt nicht, als mit euch in einer Klasse zu sein.«

»Klar doch, Emely Weltverbesserin«, erwidert Jane, allerdings klingt es schon wesentlich weniger laut und überheblich als eben. Femke ist sämtliche Farbe aus dem Gesicht gewichen, und auch Ann-Christin und Michelle gucken ziemlich bestürzt drein, aber keiner von ihnen kommt eine Entschuldigung über die Lippen. – Feige Nüsse!

Energisch schiebe ich meine gesunde Hand unter Maylins Achsel und bugsiere sie an Ann-Christin, die netterweise einen Schritt zur Seite getreten ist, vorbei auf ihren Platz zu.

Stumm folgen uns die Blicke der Jungs. Alle gucken gleich doof. Keinem von ihnen ist anzusehen, was in ihm vorgeht.

Und dann spaziert Anna, dicht gefolgt von unserem Erdkundelehrer, in den Klassenraum und lässt sich mit ungerührter Miene neben mich auf den Stuhl sinken.

Alle Mädchen starren sie an.

»Was ist los?«, wundert sich Herr Kornelius. »Seid ihr mir etwa böse, weil ich fünf Minuten zu spät bin?«

»Es sind zehn«, korrigiert Kai ihn.

Erdkunde ist sein Lieblingsfach, und er kriegt jedes Mal, wenn es ausfällt, einen Tobsuchtsanfall. Ein Leben ohne Rohstoffvorkommen, Ländergrenzen und Volksstämme scheint für ihn mehr oder weniger sinnlos zu sein.

»Stimmt«, erwidert Herr Kornelius, nachdem er einen Blick auf seine Armbanduhr geworfen hat. »Tut mir leid. Wer mag, kann sich als Ausgleich dafür nach der Stunde eine Extraaufgabe holen.«

Kais Miene hellt sich auf, und sein Daumen schnellt in die Luft.

»Yes!«

Sämtliche Augenpaare wenden sich ihm zu, worüber ich sehr froh bin. Denn jetzt sind Anna, Maylin und ich aus der Schusslinie.

Ich schiele meine beste Freundin aus dem Augenwinkel an, doch sie würdigt mich keines Blickes.

Mannomann, ich fasse es einfach nicht, dass sie wegen so einer Kleinigkeit einen solchen Aufstand veranstaltet. Wir haben uns ja nicht einmal richtig gestritten, und eigentlich müsste sie doch merken, dass ich total aufgebracht bin, und daraus schließen, dass während ihrer Abwesenheit in der Klasse etwas vorgefallen ist.

Noch immer bebe ich vor Zorn auf Jane und ihre dummen Bemerkungen. Dass außer mir niemand etwas dagegen gesagt hat, setzt dem Ganzen allerdings die Krone auf. Und ich blöde Eselin habe mir eingebildet, dass Maylin seit den Herbstferien endlich von allen respektiert wird. Aber wie es aussieht, hat die Mobberei bloß Pause gemacht. Die coolen Hochseilgartenfotos sind also völlig wirkungslos geblieben. Zumindest was die Mädchen betrifft. Unauffällig linse ich zu Julius hinüber. Auch wenn ich ihn nicht sonderlich mag, hoffe ich für May, dass wenigstens er seine Meinung über sie geändert hat.

Herr Kornelius hängt gerade die Karte von Nordeuropa auf, als Anna einen Zettel zu mir herüberschiebt.

Mein Herz macht einen aufgeregten Hüpfer.

»Was soll das?«, raune ich.

Anstatt zu antworten, guckt Anna stur geradeaus. Also falte ich den Zettel auseinander und lese:

Bist du sauer auf mich?

Ja! Aber nicht so, dass ich nicht mehr mit dir reden will, kritzele ich und schnipse den Zettel zu ihr zurück.

Sorry :-(, erwidert sie, und dann geht es eine Weile hin und her, ohne dass Herr Kornelius oder sonst jemand (außer Maylin vielleicht) etwas davon mitbekommt.

Ich: *Schon gut.*

Anna: *Sonst noch was?*

Ich: *Wieso?*

Anna: *Komische Stimmung in der Klasse.*

Ich: *Jane hat gegen Maylin geätzt, und keiner hat was gesagt.*

Anna: *Diese Vollidioten! Hätt ich nicht gedacht. May scheint's aber nix auszumachen.*

Ich: *Sie ist einfach ganz GROSS!*

Anna: *Stimmt! Supermegagigatolle May* :-)

Ich: *Außerdem denken die Mädels, dass wir Krach haben. Sie finden es sogar richtig toll, diese Ekelziegen! Ich kann sie nicht mehr angucken, so wütend bin ich.*

Anna: *Nur noch 3 Tage, dann müssen wir ihre dummen Fratzen 6 Wochen nicht mehr sehen.*

Ich: *Leider nicht für immer* :-(

Im Augenblick könnte ich mir sogar glatt vorstellen, zusammen mit Anna nach den Sommerferien die Schule zu wechseln.

»Welche Länder grenzen an die Nordsee?«, bricht Herr Kornelius in meine Gedanken ein.

Kais Hand saust in die Höhe.

»Lettland!«, brüllt Robin in die Klasse.

»Falsch, du Spacko!«, brüllt Julius zurück.

»Nun«, meint Herr Kornelius, »dann nenn du mir doch mal ein richtiges.«

»Finnland!«, brüllt Julius.

»Ähm …« Unser Erdkundelehrer kratzt sich am Kopf. »Wenn du mir jetzt bitte noch erklären könntest, was ein Spacko ist …«

»Ein Hirni!«, brüllt Mesut.

»Aha.« Herr Kornelius wendet sich ihm zu. »Dich habe ich zwar nicht gefragt, aber trotzdem danke.«

Ein paar fangen an zu kichern.

»Also gut.« Herr Kornelius erhebt seine Stimme. »Jetzt an alle: Warum sind Robin und Julius Spackos?«

»Hä?« Jane macht ein Gesicht, als ob ihr Gehirn gerade mit etwas anderem beschäftigt wäre. (Zum Beispiel mit schlafen).

»Ich weiß es!«, ruft Michelle. »Weil sie Jungs sind.«

»Das ist mir zu pauschal«, sagt Herr Kornelius.

»Hä?«, kommt es jetzt auch noch von Franziska. »Was ist denn pauschal?«

»Allgemein!«, brüllt Lennis in die Klasse.

Kai stöhnt. Sein Arm wird immer länger, und er schnipst wie verrückt mit den Fingern. Anna meldet sich ebenfalls.

Unser Erdkundelehrer nickt ihr aufmunternd zu.

»Lettland und Finnland grenzen an die Ostsee«, erklärt Anna. Sie steht von ihrem Platz auf, ergreift den Zeigestock und lässt dessen Spitze über die Karte wandern. »Man braucht eigentlich nur richtig hinzugucken.«

»Spackos haben eben nicht nur was am Gehirn, sondern auch an den Augen«, grunzt Jane.

»Hm«, macht Herr Kornelius. »Bedauerlicherweise haben wir aber gerade keinen Biologieunterricht, sondern Geografie.«

»Großbritannien, die Niederlande, Schweden, Dänemark und Deutschland grenzen an die Nordsee«, fährt Anna unterdessen fort. »Nächstes Wochenende fahren Emely und ich übrigens zusammen dorthin. Für ganze drei Wochen.« Sie schaut zu mir rüber und lächelt mich aus vollem Herzen an. »Ich freue mich schon irrsinnig darauf.«

»Hast du gesehen, wie dusselig Jane, Franziska und Michelle geguckt haben?«, feixt Anna, als wir in der ersten großen Pause auf den Schulhof hinaustreten. Sie hat sich bei mir untergehakt, lehnt ihren Kopf gegen meine Schläfe und kichert in mein Ohr. »Die werden sich garantiert nicht mehr das Maul über uns zerreißen.«

»Höchstens über eure Klamotten«, sagt Maylin, die Butterbrot kauend neben uns her trabt. »Ich finde euren Tausch übrigens ziemlich geglückt.«

»Stimmt«, bestätige ich und zwinkere Anna zu. »Wenn man mal davon absieht, dass wir uns heute Morgen deswegen fast in die Wolle gekriegt hätten.«

»Wieso denn das?«, fragt May beinahe vorwurfsvoll.

»Ganz einfach«, bringe ich die Angelegenheit ohne Umschweife auf den Punkt: »*Sie* versteht sich bestens mit Teo … und ich mit Sarah.«

»Na ja, *bestens* ist vielleicht etwas übertrieben«, hält Anna dagegen. »Aber auf jeden Fall ist Teo okayer, als Emely immer behauptet. Dafür scheint *sie* Sarah ziemlich gut im Griff zu haben.«

Maylin lässt ihr Butterbrot sinken und mustert mich neugierig. »Hast du mit ihr über diese Jan-Sache geredet?«

»Nicht direkt«, gebe ich vage zurück.

Maylin wäre jedoch nicht Maylin, wenn sie sich damit zufriedengäbe.

»Wie meinst du das?«, bohrt sie nach.

»Sie haben diese Woche nur zwei Stunden sturmfrei«, antwortet Anna an meiner Stelle.

»Genial!« Maylin grinst von einem Ohr zum anderen. »Wie hast du das bloß hingekriegt? Allerdings steigt damit das Risiko, dass die beiden von Sarahs Freundinnen erwischt werden«, setzt sie hinzu.

»Mhm.« Ich nicke. »So etwas nennt man wohl einen angenehmen Nebeneffekt.«

Anna zieht eine Grimasse. »Kapier ich nicht.«

»Ist doch ganz einfach«, erklärt Maylin. »Wenn Sarah und Jan sich nur einmal bei euch daheim sehen können, werden sie sich für den Rest der Zeit einen anderen Ort suchen müssen.«

»Zum Beispiel bei Jan zu Hause«, erwidert Anna schulterzuckend.

»Wo sie vielleicht auch nicht jeden Tag hinkönnen«, sage ich.

»Ach so!« Anna tippt sich an den Kopf. »Das würde also bedeuten, dass sie entweder eine Pause einlegen oder sich irgendwo in der Öffentlichkeit treffen müssen.«

»Bingo!«, rufe ich. »Und auf welche Variante tippst du?«

»Tja, alsooo ...«, beginnt meine Freundin gedehnt. »Da Jan keine Ahnung hat, dass Sarahs Freundinnen nichts von ihrer Beziehung wissen dürfen, würde er es wohl kaum verstehen, wenn meine Schwester ihn plötzlich kaum noch sehen will.«

»Ganz genau«, unterstreicht Maylin Annas Überlegung. »Und Sarah wird bestimmt nicht riskieren wollen, dass Jan womöglich an ihren Gefühlen zweifelt und sich von ihr abwendet.«

Annas Augen leuchten auf.

»Es bleibt ihr also gar nichts anderes übrig, als sich mit ihm im Kino, Schwimmbad oder Eiscafé zu verabreden!«

Apropos Verabreden und Kino!

»Ist Julius eigentlich ...?«, frage ich.

»Nein«, fährt May dazwischen. »Was mich übrigens nicht wundert.«

Aha ...? »Und wieso nicht?«

»Logischerweise hat er Muffensausen«, erklärt sie so, als gäbe es nichts Selbstverständlicheres auf der Welt. »Ich sagte doch schon, dass er ziemlich schüchtern ist.«

»Trotzdem ist mir nicht ganz klar, wovor er Schiss haben soll«, meint Anna.

Mir schon, denke ich. Nämlich davor, mit einer bunt gepunkteten Maylin gesichtet und von seinen Kumpels später dafür verspottet zu werden. Aber das behalte ich natürlich für mich.

Außerdem will Maylin offensichtlich auf etwas völlig anderes hinaus.

»Was macht man denn so im Kino?«, versucht sie Anna auf die Sprünge zu helfen.

»Einen Film anschauen … Cola trinken … Popcorn futtern …«, leiert meine Freundin herunter.

»Hmm«, sage ich. »Das ist wirklich gruselig. Davor hätte ich auch Angst.«

Maylin stöhnt leise. Dann schließt sie die Augen und zieht eine Schnute.

Verständnislos gucken Anna und ich sie an. Erst als May anfängt, Kussgeräusche zu machen, fällt bei mir der Groschen.

»Ach, DAS meinst du!«

»Der erste Kuss soll ja immer der aufregendste sein«, erklärt sie uns. »Deshalb bin ich gar nicht böse, wenn Julius es noch ein bisschen hinauszögert.«

»Woher willst du das denn wissen?«, entgegnet Anna kopfschüttelnd.

Tja, und was mich betrifft: Ich glaube noch nicht mal, dass das Küssen an sich überhaupt sonderlich aufregend ist. Wenn ich an Birkes kleinen Kirschmund und ihre Knutscherei mit Jona denke, läuft es mir jedenfalls eiskalt den Rücken runter.

»Wissen kann ich das natürlich nicht«, lenkt Maylin ein. »Allerdings wird es in Liebesromanen immer so beschrieben.«

Anna macht ein Gesicht, als hätte sie in eine Zitrone gebissen.

»Du liest Liebesromane?«, stößt sie ungläubig hervor.

»Klar«, schwärmt May. »Die sind sooo romantisch. Ich bekomme jedes Mal Herzklopfen, wenn die Gefühle beim

Küssen beschrieben werden. Dann stelle ich mir vor, wie Julius seine Lippen auf meine presst und er mit seiner Zunge …«

»Bäh!« Anna schüttelt sich angewidert. »Hör bloß auf! Ich will das gar nicht hören.«

»Jedenfalls glaube ich, dass ich ohnmächtig werde, wenn Julius und ich es das erste Mal machen«, erklärt Maylin so hastig, als befürchtete sie, dass Anna und ich ihr verbieten könnten, noch weiter über dieses Thema zu reden. »Und deshalb möchte ich unbedingt, dass es im Kino passiert.«

»Äh … wieso?«, fragt Anna.

»Ist doch klar«, sage ich. »Weil sie dort bereits sitzt und nicht einfach umfallen kann.«

»Genau«, bestätigt Maylin. »Außerdem wollte ich noch etwas zu Jan und Sarah sagen.«

Annas linke Augenbraue wandert nach oben. »Nämlich?«

»Bei Jan können sie sich am allerwenigsten treffen«, erklärt May.

»Ach?«, erwidere ich. »Und weshalb?«

»Weil das Haus, in dem er wohnt, höchstwahrscheinlich täglich beobachtet wird.«

Ungefähr fünf Sekunden lang stehe ich auf der Leitung, dann klatsche ich mir mit der Hand gegen die Stirn.

»Na logisch! Sarahs Freundinnen hängen garantiert jeden Tag dort herum.«

»Mhm.« Maylin nickt eifrig. »Und nicht nur die.«

»Hä?«, wundert sich Anna. »Wer denn noch?«

»Na, wer wohl?«, gibt Maylin lächelnd zurück. »Deine Schwester natürlich. Die gehört doch auch zu diesem Club. Ihr wisst schon … Ringschwur und so.«

»Ach, du schrottige Kacke!«, stöhnt Anna. »Wie soll das bloß gut gehen? Wenn Ronja, Larissa und Caro Jan ständig beobachten und Sarah gar nicht immer dabei ist …«

»… sondern alle zwei Tage mit irgendeiner blöden Ausrede ankommt …«, führe ich ihre Überlegungen weiter.

»… und ihre Freundinnen Jan womöglich überallhin verfolgen …«, spekuliert Anna. »Dann …«

»Wissen sie es wahrscheinlich längst«, schlussfolgert Maylin.

»Ach, du schrottige Kacke!«, jault Anna.

»Das erwähntest du schon«, erinnere ich sie.

»Doppelt hält besser«, entgegnet sie. »Und länger. Außerdem verstehe ich da was nicht. Wenn Larissa, Ronja und Caro wirklich herausgefunden haben, dass Sarah und Jan zusammen sind … Warum haben sie meiner Schwester dann noch nicht die Hölle heißgemacht?«

»Ist doch ganz einfach«, sagt Maylin. »Ich wette, die drei haben den Schwur insgeheim erweitert: Sie warten ab, bis zwischen Jan und Sarah Schluss ist, und dann schmeißt sich ihm die nächste an den Hals. Womöglich haben sie das schon ausgelost.«

Puh, das klingt ziemlich schräg. Allerdings auch irgendwie logisch. Ich frage mich aber, wie Maylin überhaupt auf so etwas kommt. Ich für meinen Teil bin jedenfalls heilfroh, dass ich mit so einem verdrehten Liebesgefühlschaos nichts am Hut habe!

Lauter gute Taten

Vier Tage, ein kurzer frustrierender WhatsApp-Chat mit Jona, in dem er mir mitteilt, dass es wohl besser sei, wenn wir uns eine Weile gar nicht mehr sprechen, und einige Telefonanrufe in den umliegenden Tierheimen später steigen Anna und ich endlich in den Zug in Richtung Nordsee.

Mein gesamtes Feriengepäck befindet sich in der Reisetasche über mir auf der Ablage, während Missie H. zu meinen Füßen in ihrem Transportkorb herumrandaliert.

Moms hat bis zur letzten Minute versucht, mir auszureden, sie mitzunehmen.

»Ich werde auf sie aufpassen wie ein Luchs«, hat sie mir hoch und heilig versprochen, und dass sie Teo für den Rest der Sommerferien Hausarrest und Computerverbot aufbrummen würde, sollte er meiner Mieze auch nur ein Haar krümmen.

Doch all das konnte mich nicht überzeugen.

»Ich sterbe, wenn ich sie drei ewig lange Wochen nicht zu Gesicht bekomme«, habe ich Moms vorausgesagt.

Das darauffolgende Gespräch verlief in etwa so:

Moms: *Das ist doch Unsinn, Schätzchen!*

Ich: *Ist es nicht!*

Moms: *Jetzt sei bitte vernünftig.*

Ich (jaulend): *Das bin ich doch immer!*

Moms: *Eben.*

Ich: *In den Ferien hat meine Vernunft Urlaub. Außerdem ist Missie H. garantiert todunglücklich, wenn sie nicht bei mir sein kann.*

Moms: *Ich glaube, sie ist eher todunglücklich, wenn sie zweimal fünf Stunden in dieser Transportkiste hocken muss.*

Ich: *Wieso denn? Es ist doch gemütlich da drin.*

Moms: *Findest du! Aber frag mal deine Katze.*

Das geht zum Glück nicht!

Ich (nicht nur meiner Mutter, sondern auch mir selber gut zuredend): *Wenn sie sich erst mal daran gewöhnt hat, wird sie sich zusammenkringeln und schlafen. Das ist doch sowieso ihre Lieblingsbeschäftigung.*

Moms: *Ich merke schon, du willst partout das letzte Wort haben.*

Ich: *Genau.*

Und exakt das war dann auch das letzte Wort. Danach hatte Moms offenbar keine Lust mehr, noch weiter mit mir zu diskutieren. Wahrscheinlich liegt ihr Missie H. am Ende doch weniger am Herzen als mir. Ein bisschen rührt sich mein schlechtes Gewissen jetzt allerdings schon. Schließlich will ich keine Tierquälerin sein!

Aber so wirklich schlecht geht es Missie H. in ihrem Korb ja nun tatsächlich nicht. Sie findet es bloß nervig, eingesperrt zu sein. Wenn ich zu entscheiden hätte, dürfte sie sehr gerne im Zugwaggon umherspazieren und sich mit den übrigen Fahrgästen bekannt machen. Das Problem ist nur, dass nicht jeder Katzen mag. – Was ich im Übrigen überhaupt nicht verstehen kann.

»Miaauuu!«, jault Missie H., als wollte sie meine Ansicht unterstreichen.

Sie streckt ihre Pfote durch die Gitterstäbe und fuchtelt nach meinem Fuß. Ich schiebe ihn direkt vor die Klappe, damit sie mit dem Schnürsenkel von Annas Sneakers spielen kann.

Meine Mutter und Herr Gerlach stehen draußen auf dem Bahnsteig, klopfen alle paar Sekunden an die Scheibe, lächeln und winken. Anna und ich winken zurück.

Eigentlich finde ich das ein bisschen albern, denn wir sind ja noch gar nicht losgefahren, aber wenn ich es nicht mache, denkt Moms womöglich noch, dass irgendwas nicht in Ordnung ist, kommt in den Zug gestürmt und hält den ganzen Verkehr auf. Ich sehe schon die Schlagzeile vor mir: *Mutter eines allein reisenden Teenagers erleidet Panikattacke, ICE nach Hamburg verspätet sich um eine halbe Stunde.*

Doch dann ertönt zum Glück der Pfiff. Die Türen schließen sich, und der Zug setzt sich in Bewegung.

»Meine Mam war vorhin übrigens total komisch«, bricht Anna in meine Gedanken ein. »Sie hat sich überhaupt nicht richtig von mir verabschiedet. Dabei sieht sie mich jetzt ganze drei Wochen nicht. Und in den letzten Tagen hatten wir auch kaum etwas voneinander.«

»Seit wann legst du denn einen solchen Wert darauf?«, wundere ich mich.

»Na hör mal!«, erwidert Anna empört. »Sie ist meine Mutter!«

»Schon«, sage ich und mustere meine Freundin forschend.

Möglicherweise wäre jetzt der passende Moment, um ihr wegen ihres Zuhauses ein wenig auf den Zahn zu fühlen. Vielleicht wäre es aber auch besser, einfach abzuwarten, ob Anna nicht ganz von selbst zu erzählen beginnt. Außerdem kann ich mir denken, warum Frau Gerlach heute nicht ganz bei der Sache gewesen ist. Und das wäre dann gewissermaßen meine Schuld.

»Aber bei mir und Moms ist es doch genauso gewesen«, fahre ich also erst einmal vorsichtig fort. »Wir haben uns heute Morgen ja auch nur für ungefähr zwei Stunden gesehen. Viel Zeit zum Reden blieb da nicht.«

Anna und ich sind nämlich extra früh aufgestanden, um in unsere Familien zurückzuwechseln und unsere Reisetaschen mit unseren eigenen Klamotten zu packen. Ein paar Tage lang Annas stylische Kleider, Röcke und Tuniken zu tragen, war ja echt lustig, doch in meinen eigenen Sachen fühle ich mich immer noch am wohlsten.

»Anders als meine Mam, die es ziemlich eilig hatte, in ihre Praxis zu kommen, hat deine allerdings aufs *Veggies* verzichtet und dich sogar zum Bahnhof begleitet«, hält meine Freundin dagegen.

»Aber dafür ist dein Vater mitgekommen«, erwidere ich.

»Klar«, grummelt Anna. »Papa springt ja immer ein, wenn meine Mutter sauer auf uns ist. Also bitte, Em«, fleht sie mich an. »Wenn bei uns zu Hause irgendetwas vorgefallen ist, was du mir noch nicht erzählt hast, dann tu es bitte jetzt!«

»Okay«, sage ich und überlege, wie ich am besten anfange.

»Also, erst mal ist deine Mam ganz sicher nicht sauer auf *dich*, falls du das denkst.«

»Sondern?«

»Tja, am ehesten wahrscheinlich auf Sarah … vielleicht aber auch auf sich selbst. Obwooohl …«

»Was denn?« Anna rutscht ungeduldig auf ihrem Sitz hin und her. »Jetzt sag schon! Was ist passiert?«

»Eigentlich gar nichts«, gebe ich zurück. »Ich habe einfach bloß beiläufig erwähnt, dass Sarah ja jetzt drei Wochen sturmfrei hat.«

»Was?«, haucht Anna. »Wann?«

»Gestern Abend.«

Meine Freundin guckt mich fassungslos an.

»Nee, oder?«, stößt sie hervor, lässt sich gegen die Rückenlehne fallen und fasst sich an die Stirn. »Oh, du gigagigantische Hölle, Em, bist du verrückt geworden! Mam kann sich doch denken, wie du das gemeint hast.«

»Genau das sollte sie ja auch«, erkläre ich grinsend.

»Ehrlich, Em, du spinnst.« Anna tippt sich an die Stirn. »Meine Mutter hat doch überhaupt nicht auf der Platte, dass Sarah schon etwas mit einem Jungen angefangen haben könnte. Bestimmt ist sie aus allen Wolken gefallen.«

»Irrtum«, sage ich. »Ist sie nicht. Sarah hat allerdings einen ziemlichen Aufstand gemacht. Ich dachte, sie bringt mich um, daher habe ich die halbe Nacht kein Auge zugekriegt.«

»*Ich* an ihrer Stelle hätte dich ermordet«, versichert Anna mir. »Du kannst wirklich froh sein, dass du noch lebst.«

»Wahrscheinlich hast du recht«, kichere ich. »Ich habe Sarah nämlich mit Maylins Theorien konfrontiert.«

»Du bist ja verrückt«, stöhnt Anna. »Völlig plemplem.«

»Und wenn schon«, entgegne ich. »Ich finde, es war wichtig, endlich mit diesem ganzen Chaos aufzuräumen. Was deine Schwester und ihre sogenannten Freundinnen da abziehen, ist doch total bescheuert.«

»Was heißt denn hier *sogenannt*?«, erwidert Anna. »Ronja, Larissa und Caro sind schon seit der sechsten Klasse Sarahs BFFs.«

»Was noch lange nicht heißt, dass sie auch wirklich und wahrhaftig echte Freundinnen sind«, betone ich. »Wenn Maylin nämlich mit ihrer Vermutung richtigliegt, dass die drei womöglich nur darauf spekulieren, dass Sarah und Jan sich auseinanderzoffen, dann möchte ich, ehrlich gesagt, nicht eine von ihnen geschenkt haben. Auf diese Art von Freundschaft kann ich nämlich bestens verzichten.«

Darauf weiß Anna erst einmal nichts zu erwidern.

Leise seufzend wendet sie den Blick zum Fenster und blickt grübelnd in die vorbeiziehende Landschaft hinaus.

»Vielleicht sprechen sie sich ja aus«, meint sie nach einer Weile mit einem hoffnungsvollen Schulterzucken.

»Ja, vielleicht«, sage ich. »Mich interessiert allerdings viel mehr, was deine Mutter jetzt ausbrütet. Die hat nämlich endlich kapiert, dass Sarah ein eigenes Zimmer braucht.« Das hoffe ich zumindest.

»Toll«, brummt Anna. »Dann muss meine Schwester dir ja sogar dankbar sein.«

»Nicht nötig«, erwidere ich gleichmütig.

»Meine Güte noch mal, Emely!« Anna verdreht die Augen. »Allmählich glaube ich, dass bei deinem Skateboard-Unfall nicht nur dein Daumen einen Knacks abgekriegt hat, sondern auch dein Gehirn.«

»Quatsch«, sage ich. »Wieso denn das?«

»Weil du offenbar total verpeilt hast, dass *ich* diejenige bin, die ein eigenes Zimmer braucht.«

»Hmh«, erwidere ich kopfschüttelnd. »Hab ich nicht. Überleg doch mal«, fordere ich sie auf. »Wenn Sarah *immer* ein eigenes Zimmer hätte …«

»Wäre ich *immer* bei Lea. Ja, und?«

»Du müsstest nie wieder hin und herziehen«, triumphiere ich und halte Anna meine Hand zum Einschlagen hin.

Doch meine Freundin rührt sich nicht.

»Und was ist, wenn *ich* irgendwann mal sturmfrei brauche?«, wendet sie ein.

Ich starre sie an. »Kann es sein, dass ich gerade einen Gehörschaden erlitten habe?«, frage ich.

Vielleicht habe ich auch Mehl in den Ohren oder mehrere Lagen Wattepads.

Anna guckt ganz ernst zurück, aber natürlich kenne ich sie viel zu gut, um nicht zu merken, dass sie mächtig gegen das Lachen ankämpfen muss.

»Lass mal sehen«, meint sie dann, beugt sich zu mir herüber und betrachtet eingehend meine linke Ohrmuschel. »Tja, sieht fast so aus … Aber vielleicht ist es ja heilbar … Oder es war nur eine ganz kurzfristige Störung.«

»Du hast also nicht gesagt: *Und was ist, wenn* ich *irgendwann mal sturmfrei brauche*?«, vergewissere ich mich.

»Never! So etwas würde nicht mal im Traum über meine Lippen kommen«, beteuert Anna.

Dann hält sie es nicht mehr aus und prustet so unvermittelt los, dass die beiden älteren Damen, die genau gegenüber auf der anderen Seite des Gangs sitzen, belustigt zu uns herüberschauen.

»Nein … also, ganz im Ernst, Em, ich finde, du hast das echt gut geregelt«, sagt Anna, nachdem sie sich wieder eingekriegt hat. »Sollte meine Mutter jetzt wirklich zu dem Ergebnis kommen, dass es für Sarah besser ist, wenn ich in Zukunft bei Lea im Zimmer bleibe, wäre das schon ein immenser Fortschritt. Und zwar für Sarah *und* für mich«, bekräftigt sie.

Genau so sehe ich das auch!

Ich gebe ein zufriedenes Grunzen von mir und krame mein Tablet aus dem Rucksack. »Perfekt, dann können wir ja jetzt gemeinsam die nächste gute Tat angehen.«

Missie H. hat ihr Gefuchtel und Gemaunze inzwischen eingestellt und blinzelt nun müde durch die Gitterstäbe. Nicht mehr lange, und sie wird eingeschlafen sein.

Ich schicke einen stummen Gruß in Richtung Moms. Nicht dass ich unbedingt recht haben will. Aber es hätte mich schon ziemlich gewurmt, wenn meine kleine Mieze sich in ihrer Transportkiste tatsächlich die ganze Zeit über unwohl gefühlt hätte.

Während ich unsere Blog-Seite öffne, erzähle ich Anna ausführlich von meiner neuesten Idee, einen Aufruf zur Übernahme einer Patenschaft für Heimtiere zu starten.

Wie immer hört sie mir aufmerksam zu und gibt hin und wieder ein paar Grunzlaute von sich, die ich als Bestätigung abspeichere. Umso erstaunter bin ich, als sie nach ausgiebigem Nagen auf ihrer Unterlippe schließlich den Kopf schüttelt.

»Das kannst du vergessen. Das funktioniert nie und nimmer.«

»Und wieso nicht?«

»Ganz einfach: Anfangs ist die Begeisterung immer groß. Die Jungs und Mädchen kümmern sich, gehen Gassi mit ihrem Pflegehund und kreuzen jeden Tag auf, um mit ihrer Leih-Katze zu spielen. Doch mit der Zeit verlieren sie das Interesse, bis sie gar nicht mehr kommen.«

»Das kannst du doch gar nicht wissen«, sage ich ein wenig genervt, weil diese Idee ziemlich frisch ist und ich keine Lust habe, sie mir gleich wieder madigmachen zu lassen. Dabei muss ich Anna insgeheim recht geben. An ihrem Argument ist echt was dran.

»Und wenn wir die Patenkids dafür bezahlen?«, schlage ich vor. »Wir haben schließlich genug Geld auf unserem Tierschutz-Konto. Inzwischen sind es fast dreihundert Euro!«

Im letzten Jahr haben Anna und ich nämlich so eine Art Initiative gegründet: Wir häkeln, stricken und nähen Mützen, die Moms im *Dress 'n Veggies* verkauft. Einen großen Teil des Erlöses stellen wir Tieren, die in Not geraten sind, zur Verfügung. Allerdings hat sich bisher selten einmal die Gelegenheit geboten, dieses Geld sinnvoll auszugeben. Im letzten Winter haben wir fünfzig Euro an eine Igelstation gespendet und einem Opi mit kleiner Rente, dessen Dackel sich den Hinterlauf gebrochen hatte, die Operation bezahlt.

»Die dreihundert Euro sind ganz schnell futsch«, erwidert Anna. »Stell dir mal vor, wir müssten jeden Monat zehn Kindern zwanzig Euro geben!« Sie tippt sich an die Stirn. »So schnell können wir gar nicht häkeln, um das Konto wieder zu füllen. Aber irgendwie ist die Idee schon toll«, beeilt sie sich hinzuzufügen, als sie mein frustriertes Gesicht bemerkt. »Wir denken noch mal drüber nach, Em, okay?«

»Meinetwegen«, seufze ich und klicke das Icon meines E-Mail-Postfachs an, dabei ist es ziemlich abwegig, dass Jona mir ausgerechnet dorthin eine Nachricht geschickt haben könnte.

»Was guckst du denn da?«, fragt Anna.

»Nix«, antworte ich und verlasse das Postfach sofort wieder.

Tatsächlich gibt es keine neuen Eingänge. Nicht mal von Pops, Oma Berlin oder meinen Großeltern aus London – die ich übrigens schon ewig nicht mehr gesehen habe!

»Wegen nix landet man doch nicht in seinem E-Mail-Account«, erwidert Anna kopfschüttelnd.

»War ein Versehen«, entgegne ich knapp, und damit meine Freundin nicht noch weiter rumschlaumeiert oder die Sprache womöglich direkt auf Jona bringt, durchforste ich mein Gehirn im Schnelldurchlauf nach einem anderen, möglichst unverfänglichen Thema.

Ich will die Rede gerade auf Maylin bringen, als mein Smartphone losdudelt. Mein Herz macht einen Satz, weil ich natürlich sofort wieder an Jona denke und die (vermutlich völlig abwegige) Hoffnung in mir aufkeimt, dass Birke mit ihm Schluss gemacht hat und er jetzt dringend meinen Trost braucht. Bestimmt ist es nur Moms, die mir noch einen letzten wichtigen Ratschlag mit auf den Weg geben will. Oder Oma Berlin, um sich zähneknirschend dafür zu entschuldigen, dass sie mich nicht im Krankenhaus besucht hat.

Hastig lege ich das Tablet zur Seite und krame das Handy

hervor. Zu meiner Enttäuschung erscheint auf dem Display eine unbekannte Nummer, und noch während ich überlege, ob ich überhaupt rangehen soll, wischt mein Daumen wie von selbst über den Screen. Im nächsten Moment sprudelt Maylins Stimme in mein Ohr:

»Hallo Emely! Sitzt ihr schon im Zug? Geht es euch gut? Was macht ihr gerade? Tut deine Hand noch doll weh?«

»Hey!«, rufe ich. »Das muss Gedankenübertragung gewesen sein!«

»Eeecht?«, quiekt May. »Redet ihr etwa über mich?«

»Allerdings«, erwidere ich. »Ich wollte Anna nämlich gerade fragen, ob du ihr erzählt hast, was du in den Ferien machst.«

»Nee, hab ich nicht«, antwortet sie. »Hat euch ja nicht interessiert.«

»Unsinn«, widerspreche ich. »Logisch interessiert uns das. Wir haben nur einfach so viel anderes um die Ohren gehabt.«

»Klar«, sagt Maylin. »Ihr wart mächtig im Reisefieber. Und dann die Sache mit dem Familientausch … und deinem Unfall.«

Und Jona, füge ich im Stillen hinzu.

»Meine Hand schmerzt übrigens nicht mehr besonders«, erkläre ich. »Nur der Verband nervt. Seit wann hast du eigentlich ein Handy?«, frage ich dann, weil ich mich weder über meine Verletzungen, noch den Skateboard-Unfall und schon gar nicht über Jona unterhalten will. Außerdem wundert es mich wirklich. Maylin ist auf nette Weise ziemlich altmodisch. Keine Ahnung, ob es an ihren Eltern liegt oder ganz einfach ihre Art ist. Mit Internet, Laptop, Bloggen, Chatten, Simsen und Whatsappen hatte sie zumindest bisher nicht großartig was am Hut.

»Ähm …«, druckst May. »Von meinem Vater.«

Aha?

»Ist es seins, oder hat er es dir geschenkt?«, hake ich sofort nach. Schließlich kommt es sehr selten vor, dass Maylin etwas von zu Hause erzählt, und ich will jede Chance nutzen.

»Ähm … beides«, erwidert sie zögernd, was ich irgendwie komisch finde, denn einfache Antworten auf einfache Fragen kommen ihr normalerweise wie aus der Pistole geschossen über die Lippen.

»Es war mal seins«, erklärt sie. »Er hat sich ein neues gekauft und braucht das hier nicht mehr.«

»Hm«, sage ich. »Cool.«

»Find ich auch.«

»Okay, und wo bist du jetzt?«, erkundige ich mich weiter.

»Zu Hause natürlich«, entgegnet Maylin.

»Allein?«

»Was sonst?« Sie gibt einen tiefen Seufzer von sich. »Aber das macht nichts«, setzt sie dann eilig hinzu. »Meine Eltern haben sich bestimmt irgendein Ferienprogramm für mich einfallen lassen. Also keine Sorge, mir wird schon nicht langweilig werden. Und in drei Wochen seid ihr ja auch wieder zurück.«

»Ja«, sage ich, und plötzlich breitet sich ein ganz blöder Druck in meinem Bauch aus. »Machst du denn nie Ferien mit deinen Eltern?«

»Nö.«

»Und wieso nicht?«

Maylin schweigt. Ich höre nur ihren schnaufenden Atem.

»Das geht eben nicht«, stößt sie schließlich hervor. »Sie haben immer viel zu tun. Aber sie kümmern sich um mich, so gut sie können.«

»Natürlich«, sage ich halbherzig, und nun spüre ich das schlechte Gewissen bis in meine Brust hinauf. »Wenigstens können wir jetzt miteinander telefonieren. Das ist doch schon mal super. Oder nicht?«

»Klar«, meint Maylin. »Wenn ihr mir fehlt, rufe ich euch einfach an.«

»Und wir dich«, bekräftige ich. »Jeden Tag. Versprochen!«

»Was ist denn los?«, fragt Anna sofort, nachdem ich mich von May verabschiedet habe.

»Wir haben uns zu wenig um sie gekümmert«, sage ich bedrückt und stecke das Smartphone in meinen Rucksack zurück. »Wir wussten ja nicht mal, dass sie in den Ferien allein rumhängt.«

»Oh!« Anna guckt bestürzt. »Tut sie das?«

»Na ja, wahrscheinlich macht sie bei irgend so einer Jugendfreizeit mit.«

»Wahrscheinlich?« entgegnet Anna kopfschüttelnd. »Emely, das weiß man doch! Zu solchen Events muss man sich eine ganze Weile vorher anmelden.«

»Hmm.« Ich zucke mutlos mit den Schultern. »Stimmt.«

»Also hängt sie doch allein rum!«

»Schon möglich«, sage ich. »Aber das können wir jetzt auch nicht ändern! Immerhin hat ihr Vater ihr sein altes Handy gegeben. So können wir wenigstens telefonieren.«

Auf Annas Stirn bildet sich eine Steilfalte. »Von wo aus hat May denn überhaupt angerufen?«

»Na, von zu Hause.«

»Und wieso benutzt sie dazu das Handy?«

Ich antworte mit einem Achselzucken.

»Bisher hat sie aber immer vom Festnetz telefoniert«, betont Anna. »Vielleicht wollte sie das Handy ausprobieren«, überlege ich. »Oder uns damit überraschen.«

Was ihr ja auch gelungen ist!

»Wenn wir wieder zurück sind, unternehmen wir ganz viel mit ihr, okay?«

Meine Freundin reckt den Daumen hoch, und ich atme einmal tief durch, um das blöde Gefühl in meinem Bauch und der Brust zu vertreiben.

»Und was Teo angeht …« Anna ringt sich ein Lächeln ab.

»Lass mich bloß mit dem in Ruhe!«, wehre ich sofort ab, schnappe mir das Tablet und verstaue es ebenfalls in meinem Rucksack. Ich weiche Annas Blick aus, kreuze demonstrativ die Arme vor der Brust und konzentriere mich auf die anderen Fahrgäste.

Man merkt, dass die Sommerferien begonnen haben, denn es sind ungewöhnlich viele junge Leute und Familien mit Kindern unterwegs. Die meisten lesen oder unterhalten sich. Ein Mädchen in meinem Alter spielt mit ihren Geschwistern Memory. Ein anderes hat den Kopf mit einem Jungen über ihrem Smartphone zusammengesteckt. Unwillkürlich steigt in mir die Frage auf, ob die beiden wohl Bruder und Schwester oder ähnlich beste Kumpel sind wie Jonathan und ich es einmal waren.

Obwohl ich eben erst in meinem Postfach nach einer Mail vom ihm geschaut habe, erwischt der erneute Gedanke an Jona mich kalt und tut ziemlich weh. Mein Herz zieht sich zusammen, und meine Augen fangen an zu brennen. Verstohlen wische ich mir eine Träne von der Wange. Zum Glück scheint Anna sie nicht bemerkt zu haben.

»Guck mal die beiden da«, raunt sie und deutet auf das Mädchen und den Jungen mit dem Smartphone. »Die vertragen sich doch auch. Und sie sind garantiert Geschwister … so ähnlich wie sie sich sehen.«

»Findest du?«, brumme ich.

»Teo ist wirklich nicht so übel, wie du denkst, Em«, beschwört meine Freundin mich. »Ehrlich. Und ihr seht euch auch ähnlich.«

»Hast du dich etwa mit ihm angefreundet?«, frage ich und mustere sie misstrauisch. »Ist es das, was du mir die ganze Zeit schon gestehen willst?«

»So ein Quatsch!«, wiegelt Anna ab. »Es gibt nix zu gestehen.«

Keine Ahnung, ob ich das glauben kann, denn dafür zucken ihre Lider eigentlich einen Tick zu verräterisch.

»Hast du ihm irgendwas versprochen?«, bohre ich also weiter. »Oder doch etwas über mich verraten, das er besser nicht wissen sollte?«

»Natürlich nicht!«, weist Anna vehement von sich. »Ich finde es bloß schade für dich, dass du dich seinetwegen immer so stresst. Das ist doch eigentlich gar nicht nötig.«

Okay. – Wechseln wir das Thema! Schließlich gibt es weitaus Wichtigeres als meinen Bruder.

»Und was ist mit Moms … und diesem Typen …?«, erkundige ich mich.

Jetzt kriegt Anna große Augen.

»Welcher Typ?«, platzt sie heraus und senkt dann hastig ihre Stimme. »Hat deine Mutter etwa einen Freund?«

Das wär's noch!

»Auf jeden Fall rennt seit Neuestem so ein komischer George Clooney in jünger bei ihr im *Dress 'n Veggies* herum.«

Anna bläht die Backen. »Davon hast du mir ja gar nichts erzählt!«

Es hört sich verdammt vorwurfsvoll an.

»Wann denn, bitte schön?«, verteidige ich mich.

»Zum Beispiel am Mittwoch, als du bei mir … äh, wir beide bei euch waren!«, hält sie mir vor.

»Tut mir leid«, entschuldige ich mich. »Ich hab nicht dran gedacht. Ich wollte diesen Typen einfach vergessen.«

Und dann hole ich mein Versäumnis in aller Ausführlichkeit nach. Anna lauscht mir, ohne mich ein einziges Mal zu unterbrechen.

»Also, bei euch im Haus war er nicht«, sagt sie, als ich mit meinem Bericht am Ende angelangt bin. »Allerdings …«

Sie kneift die Augen zusammen, und ihr Blick rückt in die Ferne.

»Jetzt sag schon!«, dränge ich.

»Einmal habe ich versehentlich ein paar Worte aufgeschnappt, als sie telefonierte«, antwortet Anna zögernd.

»Und?«, frage ich ungeduldig. »Glaubst du, derjenige am anderen Ende war er?«

»Nein.« Anna schüttelt den Kopf. »Ganz bestimmt kein

Er. Und auch kein Fremder. Ich denke eher, dass deine Mutter mit deiner Oma gesprochen hat. Sie haben sich ziemlich gefetzt.«

Ach, du liebe Güte! Hoffentlich hat Oma Berlin nicht wieder neue irrwitzige Ideen ausgebrütet, wie sie ihre Lottomillion unter die Leute bringen kann.

»Und was soll das mit diesem Clooney-Typen zu tun haben?«, hake ich nach, denn das erschließt sich mir nicht.

»Na, du hast doch gesagt, er heißt Robert, oder nicht?«

Ich nicke. »Ja … Wieso?«

»Weil deine Mutter diesen Namen erwähnt hat«, erklärt Anna. »Sie meinte irgendwas davon, dass Robert sich auskennt und deine Oma sich lieber um ihren eigenen Kram kümmern solle.«

»Also plant Moms irgendwas«, schlussfolgere ich. »Hoffentlich keine Hochzeit.«

»Bestimmt nicht«, meint Anna. »Dazu müssten deine Eltern sich erst mal scheiden lassen. Und das haben sie doch noch nicht, oder?«

»Hmhm.« Ich schüttele den Kopf. »Vielleicht wollen sie das auch gar nicht«, äußere ich hoffnungsvoll, worauf meine Freundin mit einem Schulterzucken reagiert. »Oder sie reden mit dir und Teo nicht darüber, weil sie euch nicht traurig machen wollen.«

Tja, das kann natürlich auch sein. Aber damit will ich mich erst auseinandersetzen, wenn es tatsächlich so weit ist.

Bleibt die Frage, was meine Mutter von diesem GCIJ will.

»Und sonst?«, erkundige ich mich. »Worüber haben Moms und Oma Berlin noch gestritten?«

»Ich glaube, es ging nur um diese eine Sache«, entgegnet Anna. »Mehr habe ich wirklich nicht mitgekriegt. Außerdem wollte ich auch nicht lauschen.«

»Hättest du mal«, sage ich.

»Frag sie doch einfach«, empfiehlt Anna mir.

»Und wenn sie nichts erzählen will?«

»Dann nimm es eben hin, Em. Und lass es einfach auf dich zukommen«, rät meine Freundin mir. »Du erzählst deiner Mutter doch auch nicht alles.«

»Das ist ja wohl ein Unterschied!«, halte ich dagegen. »Wenn Moms etwas in ihrem Leben ändert, ändert sich automatisch auch meins.«

»Und Teos«, betont Anna.

Meinetwegen. Aber dem ist letztendlich sowieso alles egal. Meinen lieben Bruder kratzt es ja nicht einmal mehr, dass Pops ausgezogen ist.

»Okay, ich frage sie«, sage ich entschlossen. »Gleich heute Abend am Telefon.«

Gewissensbisse, noch wildere Teo(rien) und eine nächtliche Beobachtung

»Wahnsinn!« Anna kommt aus dem Schwärmen gar nicht mehr heraus. Sie hat die Fensterflügel unseres Zimmers in der Pension *Weitblick* komplett aufgerissen und schaut nun mit leuchtenden Augen über den weitläufigen Sandstrand. »Das ist ja absolut irre! Hoffentlich bleibt dein Vater für immer hier wohnen.«

»Hallo!«, knurre ich. »Ist dir eigentlich klar, was du da redest?«

»Ups.« Meine Freundin wirbelt zu mir herum. »Sooo habe ich das natürlich nicht gemeint. Es sei denn, deine Eltern versöhnen sich und deine Moms zieht ebenfalls an die Nordsee.«

»Versöhnung ist okay«, sage ich, während ich meine Reisetasche ausräume und meine Sachen auf einem der beiden Betten verteile. »Den Rest kannst du vergessen. Meine Mutter ist nicht sonderlich romantisch. Außerdem fände sie es hier garantiert endlos langweilig. Ohne Stadtlärm und ihr geliebtes *Dress 'n Veggies* würde sie vermutlich eingehen.«

»Hm.« Anna macht einen tiefen Atemzug. »Also, ich würde es ewig hier aushalten.«

»Obwohl du dir auch hier ein Zimmer teilen musst?«, frage ich augenzwinkernd.

»Ja. Mit *dir* ein Zimmer teilen zu *dürfen*, ist etwas komplett anderes, als mit Sarah oder Lea zusammenwohnen zu *müssen*. Abgesehen davon ist dieses Zimmer …« Sie breitet die Arme aus und dreht sich einmal um sich selbst. »… einfach mega!«

Das stimmt absolut.

Es ist das Kreta-Zimmer mit der Nummer elf, das gleiche also, das ich auch bei meinem letzten Besuch bewohnt habe, mit dem Unterschied, dass es mittlerweile renoviert und tatsächlich im Griechenland-Flair eingerichtet worden ist: weiß verputzte Wände, türkisfarben gestrichene Fensterläden, Betten und Stühle und schlichte Möbel und Accessoires aus Olivenholz und geflochtenem Bast. Einfach frisch und urgemütlich.

»Und diese Gerti ist auch total nett«, tiriliert Anna. »Gehört ihr diese Pension?«

»Nein. Die Besitzerin heißt Tanja Reffzen. Gerti sitzt nur hinter dem Tresen und kümmert sich um die Buchungen und die Gäste.«

»Okay. Und diese Tanja Reffzen … Wie ist die so?«

»Auch nett«, antworte ich knapp.

Und nicht nur das. Sie ist außerdem jünger als Gerti und sieht richtig gut aus. – Was meinem Vater ganz bestimmt nicht entgangen ist.

Apropos Pops!

»Jetzt krieg dich mal wieder ein und pack endlich dein Zeug aus«, ermahne ich Anna. »In einer Viertelstunde will mein Vater mit uns zum Essen los.«

Wir gehen in dasselbe Restaurant, in dem wir auch letzten Herbst zusammen mit Oma Berlin gegessen haben. Es heißt *Krabbenkiste* und steht ebenso wie die Pension *Weitblick* auf hohen Holzstelzen gut zweihundert Meter von der Deichlinie entfernt mitten auf dem Sandstrand.

»Wann kommt die nächste Flut?«, fragt Anna und blickt mit zusammengekniffenen Augen zum Horizont, wo ein schmaler dunkelblauer Streifen den Strand vom Himmel trennt.

»Nicht so bald«, meint Pops lächelnd. »Du brauchst also keine Angst zu haben, dass du auf dem Weg zurück zum Hotel von der Nordsee weggespült wirst.«

»Hab ich ja gar nicht«, erwidert Anna. »Ich möchte bloß wissen, was es für ein Gefühl ist, wenn man mit seinem Haus im Meer steht.«

»Das wirst du heute wohl leider nicht mehr erleben«, gibt Pops mit einem bedauernden Achselzucken zurück. »Hochflut ist um kurz nach Mitternacht.«

»Dann eben morgen«, sage ich und knuffe Anna in die Seite.

Mein Vater schüttelt den Kopf. »Die Gezeiten verschieben sich immer nur um circa eine halbe Stunde, da wirst du wahrscheinlich erst gegen Ende …«

»Pohops!«, falle ich ihm stöhnend ins Wort. »Merkst du denn gar nichts?«

Irritiert sieht er mich an. »Was denn?«

»Um kurz nach Mitternacht ist doch morgen«, erkläre ich ihm. »Jedenfalls von heute aus gesehen.«

»Stimmt«, pflichtet er mir bei. »Aber um die Zeit werdet ihr ja sicher längst schlafen.«

»Klar«, sage ich, wechsele einen bedeutungsvollen Blick mit Anna und habe große Mühe, nicht loszuprusten.

Weil Anna keinen Fisch mag, verzichte ich auf die gegrillte Scholle, die mir beim letzten Mal so gut geschmeckt hatte. Stattdessen wähle ich zur Feier des ersten gemeinsamen BFF-Nordseeferientages genau wie sie einen Pfannkuchen mit roter Grütze und Vanillesoße.

»Mhhh!«, gerät meine Freundin erneut ins Schwärmen. »So etwas Gigantisches habe ich in meinem ganzen Leben noch nicht gegessen.«

Zugegeben, die Pfannkuchen sind wirklich Hammer, an die von Oma Berlin reichen sie allerdings nicht heran. Die sind nämlich absolut unschlagbar. Aber das sage ich nicht. Erstens will ich Annas Begeisterung nicht bremsen, und zweitens überkommt mich beim Gedanken an meine Großeltern ein wehmütiges Gefühl, das ich schnellstmöglich beiseitezuwischen versuche. Leider gelingt es mir nur halb.

Keiner von beiden hat mich im Krankenhaus besucht. Oma Berlin hat nicht mal angerufen oder mir wenigstens Grüße und Genesungswünsche ausrichten lassen.

Ein kleiner fieser Schreck saust mir ins Herz. Kann es sein, dass Moms ihnen gar nichts von meinem Unfall erzählt hat? Eigentlich ist das unvorstellbar, und würde zudem bedeuten, dass zwischen meiner Mutter und Pops' Eltern neuerdings ebenso Funkstille herrscht wie zwischen Jona und mir.

Wenn ich nur wüsste, worüber sie sich am Telefon gestritten haben! Zu blöd, dass Anna nichts Genaueres aufgeschnappt hat!

»Hey, Prinzessin«, holt Pops mich ins Hier und Jetzt zurück. »Was machst du denn für ein Gesicht?«

»Ich … ähm … ach … ich habe bloß über etwas nachgedacht.«

»Das habe ich gemerkt«, erwidert mein Vater, und Anna mustert mich neugierig.

»Über was denn?«, will sie wissen.

»Über Maylin«, sage ich schnell. Sie ist die Erste, die mir einfällt. »Eine Klassenkameradin«, füge ich an Pops gerichtet hinzu.

Anna legt ihr Besteck beiseite und starrt den Pfannkuchenrest auf ihrem Teller an.

»Was ist denn mit Maylin?«, will mein Vater wissen.

»Na ja, sie ist öfter mal das fünfte Rad am Wagen«, erwidere ich, und plötzlich habe auch ich keinen richtigen Appetit mehr.

»Irgendwie mag sie kaum einer«, erklärt Anna ihrem Pfannkuchenrest. »Und viele machen sich auch über sie lustig. Besonders die Jungs.«

»Moment mal …« Pops schaut mit hochgezogenen Brauen zwischen uns hin und her. »Davon seid ihr doch hoffentlich ausgeschlossen.«

»Ja klar! Was denkst du denn?«, gebe ich empört zurück. »Anna und ich haben noch nie jemanden gemobbt. Also echt! Wie kommst du nur auf so was?!«

Mein Vater bläht die Backen und stößt einen Schwall Luft aus. »Tut mir leid, Prinzessin, aber …«

»Nix aber!«, meckere ich ihn an. Eigentlich sollte er mich gut genug kennen, um zu wissen, dass ich mich immer auf die Seite der Schwächeren schlage. »Eigentlich sind wir sogar mit May befreundet.«

»Eigentlich ... so, so.« Pops mustert mich durchdringend. »Muss ich das verstehen?«

Nein, denke ich wütend. Vor allem auf mich selbst, weil ich mich dafür in den Hintern beißen könnte, dass Anna und ich uns in letzter Zeit mehr um Tiere, unsere Häkelmützen und den Blog gekümmert haben, als um Maylin. Und auf meinen Vater, weil er mit seinem Nachgebohre und dem Röntgenblick meinem schlechten Gewissen wieder neue Nahrung verschafft.

»Also, wenn du es genau wissen willst ...«, knurre ich, und Pops' Augenbrauen wandern noch ein Stückchen höher, fast bis zu seinem Haaransatz hinauf. »Wir telefonieren jeden Tag mit May. Im Moment ist sie in einer Ferienfreizeit. Da hat sie bestimmt eine Menge Spaß. Außerdem kann sie sich sehr gut wehren.«

Das ist zwar zur Hälfte geschwindelt, aber das muss mein Vater ja nicht wissen. Und zum Glück gibt er sich damit zufrieden. Die Stimmung ist allerdings ziemlich dahin, und auf dem Rückweg zur Pension reden wir kaum noch miteinander.

Während Anna und ich Muscheln sammeln, lässt er sich zurückfallen. Und immer, wenn ich mich zu ihm umdrehe und ihn verstohlen ansehe, scheint er mit seinen Gedanken ganz woanders zu sein.

Um den Schein zu wahren, machen Anna und ich uns tatsächlich schon um neun Uhr bettfertig. Während sie noch im Bad ist und sich die Zähne putzt, telefoniere ich mit Moms.

Sie ist ausgesprochen gut gelaunt, was mich natürlich sofort misstrauisch werden lässt.

»Was machst du gerade?«, frage ich und bemühe mich, nicht wie eine Kriminalkommissarin zu klingen.

»Och, nix Besonderes«, flötet sie. »Und du?«

»Ich unterhalte mich mit dir«, sage ich.

Und ich finde durchaus, dass das etwas Besonderes ist. Zumindest, wenn man sich tagelang nicht richtig gesehen hat und auch die nächsten drei Wochen nicht sehen wird.

»Schätzchen«, sagt Moms seufzend, als sie merkt, dass sie mir auf den Leim gegangen ist. »Sooo ist das natürlich nicht gemeint. Ich dachte, du wolltest wissen, was ich *vor* deinem Anruf gemacht habe.«

»Hab ich ja auch«, erwidere ich grinsend. »Und jetzt sag bloß nicht wieder *nix Besonderes.*«

»Auf dem Sofa gesessen«, antwortet sie.

»Allein?«

Sie lacht auf. »Natürlich.«

»Du hast also keinen Besuch?«, bohre ich weiter.

Meine Mutter atmet tief ein und wieder aus.

»Sag mal, soll das ein Verhör werden?«

Autsch!

»Nee«, sage ich ungefähr mittelschnell, damit es sich nicht so anhört, als würde ich darüber nachdenken, ob ich sie anlügen soll oder nicht.

»Emely, was ist eigentlich los mit dir?«, fragt Moms.

»Nix. Wieso?«

»Jetzt hast du auch nix gesagt«, entgegnet sie, und ich kann quasi hören, wie sie schmunzelt.

»Stimmt aber«, gebe ich zurück. »Mit mir ist alles okay.«

Bis auf meine blöde Verletzung natürlich – und noch ein paar andere Kleinigkeiten.

»Du klingst aber nicht so«, sagt Moms ein wenig besorgt. »Ist es wegen deines Daumens?«

»Ja, der nervt.«

»Tut er noch weh?«

»Eigentlich nicht.«

»Das ist gut«, erwidert sie. »Pops wird übermorgen mit dir in eine Klinik fahren. Vielleicht bekommst du dann einen etwas leichteren Stützverband.«

»Wenn es so etwas gibt …«

… wäre das schon ziemlich cool. Gar keiner wäre mir allerdings noch lieber.

»Und sonst?«, fragt meine Mutter. »Hat Anna eigentlich was wegen Teo gesagt?«

Was? Nein! »Wieso?«

»Ich hatte den Eindruck, dass die beiden sich ziemlich gut verstanden haben.«

»Sie findet, dass wir uns ähnlich sehen«, brumme ich. »Wahrscheinlich hat sie deswegen irgendwann gedacht, er wäre ich.«

Moms lacht laut heraus.

»Na, du hast vielleicht eine blühende Fantasie!«

»Anna hatte einfach keine Lust auf Stress«, sage ich.

»Ach, Emely«, meint Moms seufzend. »Auf die Idee, dass sie ihn mögen könnte, kommst du wohl gar nicht, hm?«

Doch. Allerdings finde ich sie nicht besonders prickelnd.

»Teo redet jedenfalls nahezu ununterbrochen von ihr.«

Okay – Themawechsel!

»Und? Wie ist es sonst so?«, versuche ich hastig, das Gespräch in andere Bahnen zu lenken.

Moms stutzt.

»Meinst du etwas Bestimmtes?«

»Na, zum Beispiel Oma und Opa Berlin.«

Jetzt atmet sie geräuschvoll ein und wieder aus.

»Was soll mit ihnen sein?«, fragt sie ein wenig gepresst.

»Na, ich hab nun echt schon ewig nichts mehr von ihnen gehört!«

»Ach so, und ich dachte schon …« Sie bricht ab.

»Was?«, hake ich nach.

»Nichts weiter«, meint Moms, mir ist allerdings sofort klar, was das bedeutet, nämlich so ziemlich das Gegenteil von *nichts weiter*. Anna hatte also offenbar recht mit ihrer Vermutung, dass meine Mutter sich am Telefon mit Oma Berlin gestritten hatte. Meinen Opa schließe ich jedenfalls aus. Solange es nicht ums Monopoly-Spielen geht, ist er die Friedfertigkeit in Person.

»Das hat bestimmt nichts mit dir zu tun«, sagt Moms jetzt. »Also mach dir bitte keine Gedanken, Emely, ja? Deine Großeltern haben im Moment einfach viel um die Ohren.«

Und was?, liegt es mir auf der Zunge, doch ich verkneife es mir und spreche meine Mutter stattdessen ganz direkt auf GCIJ an.

»Ich mag Robert wirklich sehr«, erwidert sie ohne Umschweife, »und bin ausgesprochen glücklich, dass ich ihn kennengelernt habe.«

Mein Herzschlag macht einen Aussetzer und dann bleibt

mir auch noch die Luft weg. Wie kann Moms mir so etwas nur so direkt ins Gesicht sagen?! Noch dazu am Telefon!

»Ähm …«, bringe ich hervor und bemühe mich, einigermaßen normal weiterzuatmen. »Und was bedeutet das jetzt?«

»Wie meinst du das?«, fragt Moms zurück.

»Umpf«, antworte ich, was so viel heißt wie: »Na, du weißt schon.« Das allerdings kann ich unmöglich aussprechen. – Vielleicht will ich es auch gar nicht so genau wissen.

»Übrigens: Dein Bruder denkt darüber nach, ob er nicht ebenfalls zu euch raufkommen soll«, erklärt meine Mutter, nachdem ein paar quälend lange Schweigesekunden verstrichen sind.

Na toll! So schnell kann ich mich gar nicht entscheiden, welche Nachricht ich schlimmer finde.

»Meinetwegen kann Teo gerne herkommen«, presse ich zwischen zusammengebissenen Zähnen hervor. »Und zwar in drei Wochen, wenn Anna und ich wieder auf dem Heimweg sind.«

»Und?«, fragt Anna, als wir eine halbe Stunde später nebeneinander in meinem Bett liegen. »Ist bei euch zu Hause alles okay?«

»Nope.«

»Dann hast du deine Mutter also nach diesem Robert gefragt?«

»Jap.«

Anna richtet sich kerzengerade auf. »Und?«

»Ich fürchte, sie haben wirklich was miteinander«, entgegne ich, während ich Missie H. unter dem Kinn kraule.

Meine Mieze hat die Reise übrigens bestens überstanden. Inzwischen hat sie es sich zwischen unseren Köpfen gemütlich gemacht und schnurrt uns ein Schlaflied vor.

»Und das erzählst du mir erst jetzt?«, platzt Anna empört heraus.

»Es ist ja nur eine Vermutung«, gebe ich gelassen zurück. – Keine Ahnung, woher ich diese Ruhe nehme, denn inzwischen bin ich mit mir darin übereingekommen, dass es sich hierbei um die Katastrophenmeldung des Tages handelt. »Außerdem wollte ich uns die Stimmung nicht schon wieder verderben.«

»Pfff!«, macht Anna und lässt sich wieder ins Kopfkissen zurückplumpsen. »Deine Mutter hat es also nicht zugegeben?«

Ich schüttele den Kopf. »Nee. Sie hat nur gesagt, dass sie ihn sehr mag und froh … nein, glücklich ist, ihn getroffen zu haben.«

»Puh.« Anna zieht eine Grimasse. »Das nenne ich eindeutig. Und was wirst du jetzt tun?«

»Hast du einen Tipp?«, frage ich.

»Du könntest ihn mit extrem kalorienhaltigen Süßspeisen füttern, bis er so dick ist, dass er deiner Mutter nicht mehr gefällt«, schlägt sie vor.

»Blödi«, brumme ich.

»Oder ihm eine total hässliche Mütze häkeln.«

»Gute Idee«, sage ich und merke, wie sich mein Mund zu einem breiten Grinsen verzieht.

Verdammt! Ich habe keine Lust, dass dieser GCIJ demnächst bei uns einzieht. Aber wenn Moms tatsächlich auf ihn steht, kann ich es sowieso nicht ändern.

Aufs Ganze gesehen ist die Robert-Clooney-Kopie zurzeit

eh mein kleinstes Problem. Die Sache mit Maylin wurmt mich viel mehr … und an Jona darf ich gar nicht denken!

»Und sonst?«, fragt Anna.

»Was und sonst?«, frage ich zurück.

Außer meiner Mutter gibt es bei uns zu Hause nur noch Teo, und den wird sie ja wohl hoffentlich nicht meinen.

»Ist immer noch Funkstille zwischen ihr und deinen Großeltern?«

Ach so! Na klar!

»Glaub schon«, entgegne ich. »Aber darüber haben wir auch nicht besonders ausführlich gesprochen. Moms erwähnte nur, dass Oma und Opa Berlin gerade viel um die Ohren hätten.«

»Aha«, sagt Anna. »Und über Teo habt ihr euch wohl auch nicht unterhalten?«

»Doch«, presse ich schnaufend hervor. »Leider. Ich glaube, meine Mutter wünscht sich, dass er und ich genauso gut miteinander auskommen wie du mit ihm«, setze ich ein wenig provozierend hinzu.

»Das wünsche ich mir auch«, erwidert Anna rundheraus. »Dann könnte ich nämlich mit ihm reden, ohne dass ich Angst haben muss, von dir beschimpft oder massakriert zu werden.«

»Spinnst du!«, rufe ich empört. »Ich massakriere dich doch nicht. Ehrlich, Anna, langsam habe ich das Gefühl, dass dir die vier Tage bei uns überhaupt nicht gutgetan haben. Aber wart's nur ab: Wenn wir in drei Wochen wieder zu Hause sind, hast du garantiert vergessen, dass du Teo mal nett fandest.«

Das hoffe ich zumindest.

Anna murmelt etwas, allerdings so leise, dass ich es kaum verstehen kann. Ein bisschen klingt es wie: »Keine Ahnung, ob ich das überhaupt will«, aber das möchte ich natürlich lieber nicht gehört haben, und deshalb hake ich vorsichtshalber auch nicht noch mal nach.

Eine Weile liegen wir einfach so da, ohne miteinander zu reden, und schauen zum Fenster in den wolkenlosen Nachthimmel hinaus.

Wir haben die Vorhänge offen gelassen und die Gardinen ebenfalls komplett zur Seite gezogen. Durch die blank geputzten Scheiben leuchtet der noch fast volle Mond zu uns herein und malt einen Sprossenfensterschatten halb auf den Boden und halb auf unsere Bettdecke.

Ich lausche auf Annas Atemzüge und unterdrücke ein Gähnen. Eigentlich bin ich hundemüde, dabei wollten wir doch unbedingt bis nach Mitternacht wach bleiben. Wie spät es wohl ist? Hm, vielleicht sollte ich mal auf die Uhr sehen. Dummerweise befindet die sich auf dem Nachttisch. Ich müsste also Anna bitten … oder über sie hinweggreifen … oder einfach einschlafen … Morgen ist schließlich auch noch ein Tag …

Im selben Moment, als mir die Augen zufallen, schießt Anna plötzlich in die Höhe.

»Hast du das auch gehört?«, wispert sie, und ihre Stimme klingt hochgradig alarmiert.

»Was meinst du?«, frage ich, da glimmt bereits die Nachttischlampe auf.

»Schritte«, haucht Anna.

»Wo?«

»Hier bei uns im Zimmer.«

»Und?«, frage ich. »Siehst du jemanden?«

»Nein. Aber ich schwör dir, da war jemand«, flüstert sie eindringlich.

»Das hast du bestimmt bloß geträumt«, vermute ich.

»Aber ich hab doch überhaupt noch nicht geschlafen!«

Anna zieht die Beine unter der Decke hervor, steht vom Bett auf und macht ein paar zaghafte Schritte auf die Tür zu.

»Vielleicht ja nicht richtig, sondern nur so halb«, erwidere ich. »Oder die Schritte waren draußen auf dem Gang. Zum Beispiel weil mein Vater vorbeigelaufen ist. Oder jemand anderes.«

Meine Freundin hält in der Bewegung inne und sieht sich zu mir um. »Meinst du echt?«

Sie wirkt total verängstigt.

»Mensch Anna«, versuche ich sie zu beruhigen. »Wir sind in einer Pension. Hier rennen ständig irgendwelche Leute rum. Außerdem sind die Wände dünner als in einem normalen Wohnhaus. Da klingt manches viel näher, als es in Wirklichkeit ist.«

Meine Freundin mustert mich skeptisch.

»Stimmt eigentlich«, erwidert sie dann und kommt zum Bett zurückgetappt. »Wie spät ist es überhaupt?«

»Moment.« Ich taste nach meiner Armbanduhr. »Ähm, gleich Viertel vor zwölf.«

»Ob das Wasser schon da ist?«, überlegt Anna.

Ich nicke ihr zu. »Guck doch einfach mal nach.«

»Okay.«

Lautlos huscht sie weiter bis zum Fenster, legt ihre Stirn gegen die Scheibe – und stößt einen spitzen Schrei aus.

Mir gefriert fast das Blut in den Adern.

»Was ist denn jetzt schon wieder los?«, zische ich.

»Oh Mann, das ist sooo irre!«, quietscht Anna. »Das musst du dir anschauen!«

Mit einem Satz bin ich aus dem Bett und mit dem nächsten direkt neben ihr. Anna wippt aufgeregt mit den Füßen. Sie ist völlig aus dem Häuschen.

»Wie denn? Wo denn? Was denn?«, frage ich und lasse meinen Blick ihrem ausgetreckten Zeigefinger folgen.

Vom Sandstrand ist nichts mehr zu sehen. Die Pension *Weitblick* steht tatsächlich mit den »Füßen« im Wasser. Unter uns kräuseln sich die Wellen, und der Mond, der nun von schräg oben auf uns herabscheint, taucht alles in ein nahezu gespenstisches Licht. Die Pension wirft einen lang gezogenen, rechteckigen Schatten, die dazugehörigen Stelzenbeine wirken lang und dürr. »Echt gruselig«, raune ich.

Anna schluckt. »Was denkst du, was das ist?«, fragt sie mit rauer Stimme.

»Wovon redest du?«

»Na, das Dunkle da hinten«, sagt sie und tippt nachdrücklich gegen die Scheibe.

Ich gehe ein wenig in die Hocke und kneife die Augen zusammen – und da entdecke ich es auch: Ein rundliches schwarzes Etwas, das auf der Wasseroberfläche treibt.

»Das ist doch hoffentlich keine Leiche«, krächze ich.

Oder irgend so ein mysteriöses Meerungeheuer, das womöglich vor wenigen Minuten noch durch unser Zimmer geschlichen ist! – Uaaah! Eigentlich glaube ich nicht an so etwas, aber das bedeutet ja nicht automatisch, dass solche Wesen wirklich nicht existieren.

»Also, eine Leiche ist es nicht«, flüstert Anna neben mir. »Es bewegt sich nämlich.«

OMG! Das will ich gar nicht sehen!, durchzuckt es mich und ich trete rasch einen Schritt zurück.

Im nächsten Moment ertönen tatsächlich Schritte hinter uns.

Entsetzt wirbeln Anna und ich herum.

Im Zimmer ist niemand, dafür klopft es nun leise an unsere Tür.

»Wer ist das?«, raunt Anna.

Ihr panischer Atem fährt mir in den Nacken und jagt eine Gänsehaut über meinen Rücken.

»Emely?«, fragt die Stimme meines Vaters. »Anna? Alles in Ordnung bei euch?«

Zuerst denke ich noch, dass das Meerungeheuer bestimmt ein genialer Stimmenimitator ist und uns nur in Sicherheit wiegen will, bevor ich allerdings vollends durchdrehe, schalten sich zum Glück meine Vernunftszellen wieder ein.

»Los, ins Bett!«, zische ich meiner Freundin zu. »Schnell!«

Und als sich kurz darauf die Tür einen Spaltbreit öffnet, liegen wir bereits in angeblich tiefem Schlummer unter meiner Bettdecke.

»Und ich war mir so sicher, jemanden schreien gehört zu haben«, sagt Pops leise. »Aber da habe ich mich wohl getäuscht …«

Keine guten Nachrichten

Am Sonntagmorgen schlafen Anna und ich richtig lange aus, und als wir gegen halb zwölf schließlich im Frühstücksraum auftauchen, herrscht dort gähnende Leere. Einzig Pops sitzt ganz hinten in der Ecke an einem Tisch am Fenster bei einem Kaffee und blättert in irgendwelchen Unterlagen.

»Hallo, ihr zwei, da seid ihr ja endlich!«, begrüßt er uns. »Leider ist die offizielle Frühstückszeit längst vorbei. Aber Tanja war so lieb und hat eine Angestellte gebeten, euch ein Lunchpaket zu packen.« Er deutet zum Fenster. »Ich nehme mal an, dass nichts und niemand euch bei diesem Wetter drinnen halten kann.«

»Och«, sage ich, drücke ihm einen Kuss auf die Wange und beuge mich neugierig über seine Notizen. »Was machst du denn da?«

»Bei meinem Vogelprojekt den letzten Schliff anlegen«, erwidert Pops. »Ende der Woche treffe ich mich noch einmal mit Herrn Freitag, um gemeinsam mit ihm die Fotos auszuwählen und die dazugehörigen Bildunterschriften zu formulieren … und danach geht das Ganze dann an den Verlag.«

»Dann machen Sie also ein Buch daraus?«, erkundigt Anna sich und lässt sich auf einen der freien Stühle sinken.

Ich setze mich neben sie.

Pops nickt. »Jawohl! Ein Buch und einen Film. Das heißt: Für den Film sind natürlich andere Leute zuständig«, erklärt er. »Mein Kollege Freitag und ich werden das Making-of der Dokumentation aber beratend begleiten.«

»Okay«, sage ich. »Und zu welchem Ergebnis seid ihr mit euren Beobachtungen gekommen?«

»Zu einem nicht sehr erfreulichen. Aber etwas anderes haben wir auch nicht erwartet.«

»Also geht es den Vögeln, die im Zoo in diesen großen Volieren gehalten werden, viel schlechter als denen, die frei umherfliegen können, stimmt's?«, schlussfolgere ich, denn genau das war es, was mein Vater herausfinden und mit entsprechenden Fotos belegen wollte.

»Genau«, erwidert er. »Und deshalb werden wir ergänzend zu unserem Dokumentarfilm noch einen eindrucksvollen Bildband zu diesem Thema herausbringen. Ich finde es wichtig, dass man nicht wegschaut, sondern immer wieder auf Probleme aufmerksam macht. Jeder Einzelne sollte sich darum bemühen, so wenig Schaden wie nur möglich anzurichten. Und gerade ihr zwei seid diesbezüglich ja bereits auf dem richtigen Weg«, fährt Pops mit einem aufmunternden Lächeln fort. »Nämlich, indem ihr euch für andere einsetzt.«

»Und auch, weil wir uns nicht dauernd neue Sachen kaufen«, sagt Anna mit leuchtenden Augen, »sondern unsere alten Klamotten aufpeppen und … Mensch, Emely!«, jubelt sie plötzlich los und boxt mich übermütig in die Rippen. »Ich habe gerade die ultrageniale DIY-Idee für den Winter! Wir starten eine neue Blog-Aktion, sammeln alte Strickpullover, ribbeln sie auf und machen aus der Wolle neue Mützen und Schals!«

»Yes!«, rufe ich und gebe ihr fünf. »Das machen wir!«

Damit könnte man vielleicht sogar meine Patentier-Tierheim-Idee finanzieren. Je weniger wir nämlich für Material ausgeben müssen, desto mehr Geld fließt auf unser Tiere-in-Not-Konto.

Im Augenblick beschäftigt mich allerdings noch etwas ganz anderes. Ich staune nämlich darüber, wie sehr mein Vater sich verändert hat, seitdem er nicht mehr bei uns wohnt. Irgendwie ist er viel ernster und nachdenklicher und trotzdem um einiges entspannter geworden.

»Du würdest dich jetzt richtig gut mit Moms verstehen, weißt du das eigentlich?«, rutscht es mir heraus.

»So ist es ja auch, Emely«, erwidert er lächelnd. »Deine Mutter und ich führen oftmals lange und sehr spannende Gespräche.«

Ach tatsächlich? »Am Telefon?«

»Ja, und manchmal auch über Skype.«

Herrje! Und wieso habe ich keine Ahnung davon? Etwa, weil es eine Überraschung sein soll?

»Dann kommst du also bald wieder zu uns?«, frage ich und meine Stimme fängt gefährlich an zu zittern.

Pops sieht mich an. Sehr röntgenblickmäßig. Und so warm und zärtlich, dass mir ganz flau in der Brust wird.

Schließlich schüttelt er kaum merklich den Kopf.

»Nein, Prinzessin«, sagt er leise. »Natürlich werde ich zurückkommen, und zwar schon im September, denn ich möchte Teo und dich gerne wieder in meiner Nähe haben …«

»Aber?«, frage ich rau und nun spüre ich, wie mein Herzschlag bis in meine Halsbeuge hinaufpocht.

»Ich habe mir eine eigene Wohnung gesucht«, sagt Pops. »Dort könnt ihr mich dann besuchen, so oft und wann immer ihr wollt.«

Nach Pops' letzten Worten ist meine Stimmung total im Keller. Mit hängenden Schultern trotte ich neben Anna her in Richtung Küche, wo wir unsere Lunchpakete in Empfang nehmen.

»Lasst sie bloß nicht in der prallen Sonne liegen«, ermahnt Gerti uns. »Sonst schmilzt der Käse und die Gurkenscheiben werden ungenießbar.«

»Ich hab sowieso keinen Hunger mehr«, murmele ich, als wir außer Hörweite sind. »Am besten, ich lege meinen Kopf in die Sonne, damit mir das Gehirn wegschmilzt und ich nicht mehr nachdenken kann.«

»Das hat doch mit dem Kopf nichts zu tun«, meint Anna mitfühlend. Sie schlingt mir ihren Arm um den Nacken und drückt mich sachte an sich. »Sondern mit dem Herzen. Da tut es weh.«

Schon klar.

»Und was wehtut, kann man nicht einfach wegdenken«, setzt sie leise hinzu. »Das setzt sich manchmal sogar richtig fies fest.«

»Ich weiß«, seufze ich und frage mich einmal mehr, was genau Anna eigentlich bedrückt, dass sie sich so gut in mich hineinversetzen kann.

Ich will sie gerade darauf ansprechen, als sie ihren Arm von meiner Schulter gleiten lässt, mich am Handgelenk packt und energisch mit sich fortzieht.

»So, jetzt ist aber Schluss mit Trübsal blasen!«, ruft sie. »Schließlich haben wir Ferien und drei super aufregende Wochen vor uns. Das Wetter ist einfach herrlich! Und deshalb gehen wir jetzt erst mal an den Strand.«

Ich lasse mich nur zu gerne von ihrer Fröhlichkeit anstecken, auch wenn sie mir ein bisschen sehr gekünstelt vorkommt, nämlich so, als ob Anna weniger mich als vielmehr sich selbst aufmuntern wollte. Trotzdem hat sie recht. Manche Probleme kann man nun mal nicht von jetzt auf gleich aus der Welt schaffen. Einige Dinge ändern sich sogar nie, und dazu gehört eben leider auch, dass Pops sich offenbar nicht mehr richtig mit Moms versöhnen will.

Das macht mich traurig – aber was soll ich tun? Ihnen versprechen, dass ich mich ab sofort super mit Teo vertragen werde, wenn sie nur wieder zusammenziehen? Das wäre ja fast schon Erpressung, und so etwas liegt mir nun mal nicht.

Nein, nein, das Beste ist wohl, ich versuche, mich endlich mit den Gegebenheiten abzufinden, und mich stattdessen auf andere, spaßigere Dinge zu konzentrieren – und wenn es zunächst einmal nur zur Ablenkung dient.

»Ich esse meine Brote hier«, verkündet Anna, als wir unsere Zimmertür hinter uns geschlossen haben. »Dann muss ich sie nicht die ganze Zeit mit mir herumschleppen.«

Sie steuert auf den kleinen Tisch in der Zimmermitte zu, lässt sich auf einen der beiden Bastflechtstühle fallen und öffnet ihr Lunchpaket. Ein Brötchen, das mit einem Salatblatt,

Gurkenscheiben und Käse belegt ist, eine Salamischnitte, ein Apfel und ein Müsliriegel kommen zum Vorschein, alles gut gekühlt und fein säuberlich in einer Styroporschachtel verpackt, die die befürchtete Hitze bestimmt noch eine Weile abgehalten hätte.

Ich wünsche Anna einen guten Appetit und öffne den Kleiderschrank, in den wir gestern Abend vor dem Zubettgehen noch rasch unsere Klamotten einsortiert haben.

Ich ziehe die Schublade mit der Unterwäsche auf, um meinen Badeanzug herauszunehmen – und stutze. Er ist nicht mehr da! Dabei habe ich ihn extra ganz vorne hingelegt, damit ich heute nicht lange danach suchen muss.

»Das gibt's doch nicht!«, fluche ich und schaufele eine Unterhose und eine Socke nach der anderen heraus.

»Was machst du denn da?«, fragt Anna kauend.

»Mein Badeanzug ist weg!«

»Quatsch.« Anna schiebt sich den Rest der Salamistulle in den Mund und kommt mümmelnd zu mir herüber. »Bepftimmt habfscht du ihn blosch verlegt.«

»Nein«, widerspreche ich. »Er muss in dieser Schublade sein … Wenn du ihn nicht herausgenommen hast!«

Meine Freundin schluckt ihren Bissen herunter und tippt sich an die Stirn. »Warum sollte ich? Ich habe lange genug schwarze Klamotten getragen.«

»Vielleicht hast du ihn ja versteckt, um mich zu ärgern«, brumme ich und pfeffere eine weitere Unterhose auf den Boden.

In der Schublade herrscht jetzt gähnende Leere.

»Klar«, brummt Anna zurück. »Vielleicht hat der Schrank

ja auch doppelte Böden. Oder ein Geheimfach, in dem ein Geist wohnt, der sich einen Spaß daraus macht, den Pensionsgästen ihre Sachen zu stibitzen.«

Ich starre meine Freundin an.

»Oder es war letzte Nacht tatsächlich jemand bei uns im Zimmer!«, stoße ich hervor.

»Um einen Badeanzug zu klauen?« Anna zeigt mir einen Vogel. »Garantiert nicht.«

Okay, ich halte das ja selber für unwahrscheinlich, komisch ist es aber schon. Und obwohl ich absolut sicher weiß, dass ich das Teil gestern in genau diese Schublade gelegt habe, beginne ich nun, den gesamten Kleiderschrank zu durchwühlen.

Am Ende sehe ich sogar in meinen Taschen, unter meinem Bett und in meiner Kulturtasche nach. Doch niente nada nix. Der Badeanzug ist und bleibt verschwunden.

»Er wird schon irgendwann wieder auftauchen«, meint Anna. »Und so lange ziehst du eben einen von mir an.«

»Du hast zwei mitgenommen?«, staune ich.

»Klar«, erwidert sie achselzuckend und zerrt ein paar bunte Stofffetzen unter ihrem T-Shirt-Stapel hervor. »Einen Badeanzug und einen Bikini.«

»Oh nein!«, stöhne ich und verziehe das Gesicht.

Der Bikini ist zitronengelb-junigrasgrün-getupft und absolut winzig, und kommt allein deshalb schon nicht infrage, weil er den gesamten Bauch freigibt.

»Das ist ja der Sinn eines Bikinis«, erklärt Anna und drückt mir einen pfirsichfarbenen Einteiler hin, der um die Hüften herum mit einer Rüsche verziert ist.

»Darf ich die abtrennen?«, frage ich angewidert.

»Natürlich nicht!«, gibt meine Freundin empört zurück. »Der Badeanzug ist nagelneu. Wenn du da auch nur ein Loch reinschneid...«

Ich hebe abwehrend die Hände. »Ja, ja, schon gut. Ich nehme das Ding mit der Rüsche.«

Immer noch besser, als in Top und Shorts baden zu gehen. Außerdem kennt mich hier ansonsten ja zum Glück niemand!

Als wir zwanzig Minuten später mit Rucksack, Handtüchern und Liegematten bewaffnet am Empfangstresen vorbeilaufen, winkt Gerti uns fröhlich zu.

»Viel Spaß, ihr zwei!«, ruft sie. »Ich hoffe, ihr habt euch gut eingecremt!«

»Klar«, sage ich augenzwinkernd. »Mit Lichtschutzfaktor tausend.« Noch bin ich guter Dinge, denn noch trage ich ein schlichtes dunkelrotes T-Shirt-Kleid über Annas gerüschtem Aprikosenteil.

Völlig schmucklos ist das Kleid aber auch nicht, denn ich habe den Saum in dünne Fransen geschnitten, auf die ich unterschiedlich geformte, schwarze Perlen gefädelt und mithilfe eines Knotens fixiert habe. »Und die trage ich, damit ich keinen Sonnenstich kriege«, setze ich hinzu und tippe mit meiner verbundenen Hand an meine schwarze Häkelmütze.

Gerti reckt den Daumen.

»Die Chefin lädt euch übrigens für heute Nachmittag zu einem Eis ein«, sagt sie. »So gegen halb vier. Natürlich nur, wenn ihr Lust habt.«

Eigentlich nicht, denke ich. Denn eigentlich kommt mir

das ein bisschen komisch vor. Irgendwie zu familiär. Doch Anna nickt eifrig und so ringe ich mir ein »Super gerne« ab, in der Hoffnung, dass Gerti nicht merkt, wie wenig begeistert ich darüber bin.

»Ich bin schon total gespannt auf sie«, freut Anna sich, während wir die Holztreppe hinuntersteigen und den Strand betreten.

»Tanja Reffzen ist eine ganz normale Frau«, erwidere ich. »Nix Besonderes.«

»Also, ich finde es nett, dass sie uns einlädt«, meint Anna. »Es ist nämlich so: Ich liiieeebe Eis.«

»Stell dir vor, ich auch«, entgegne ich. »Allerdings hätte ich lieber eins, das man am Stiel oder in einer Waffel einfach draußen am Strand lutschen kann.«

So etwas scheint es hier aber nicht zu geben. Kein Kiosk, niemand mit einem Bauchladen und auch kein Eisverkäufer, der auf einem Fahrrad über den Strand rollt.

»Bestimmt wollen sie verhindern, dass man seinen Abfall einfach herumliegen lässt«, spekuliert Anna, als hätte sie meine Gedanken erraten. »Siehst du …«, meint sie und macht eine weit ausholende Geste. »Es gibt weit und breit keine Mülleimer.«

Und auch nicht besonders viele Menschen. Oder besser gesagt, sie verteilen sich gut, denn der Strand ist wirklich absolut riesig, sodass man weder Anfang noch Ende ausmachen kann. Zwar ist schon fast wieder Hochflut, aber die Nordsee scheint ziemlich flach aufzulaufen. Jedenfalls sehe ich weit draußen im Meer Leute, denen das Wasser gerade mal bis zu den Knien reicht.

»Schwimmen kann man hier wohl vergessen«, sagt Anna und lässt ihren Blick in Richtung Deich schweifen. »Ich finde, wir sollten uns einen kuscheligen Platz in den Dünen suchen. Bis dorthin kommt das Meer bestimmt nicht.«

»Willst du etwa stundenlang in der Sonne braten?«, murre ich.

»Klar doch«, erwidert sie grinsend. »Wozu habe ich mir denn wohl den Bikini gekauft?«

Ohne eine Antwort abzuwarten, dreht sie sich um und stapft auf die Dünenlandschaft zu, die nach ungefähr fünfzig Metern nahtlos in die Deichlinie übergeht.

Ich verkneife mir eine bissige Bemerkung und sehe zu, dass ich meiner Freundin hinterherkomme, die inmitten eines kleinen Dünentals plötzlich stehen bleibt.

»Perfekt, oder?«, verkündet sie stolz und lässt Matte, Handtücher und Rucksack einfach zu Boden fallen. »Wenn wir uns ganz flach machen, kann man uns nicht mal vom Deich aus beobachten.«

»Beobachten? … Ts!« Ich schüttele den Kopf. »Wer sollte denn das wohl tun? Und wieso überhaupt? Wir sind hier doch nicht in einem Thriller.«

»Weiß man's«, erwidert Anna, entledigt sich ihres himmelblauen Sommerkleids und reckt ihren nackten weißen Bauch in die Sonne.

»Mann, du hast ja schon richtig Busen!«, entflutscht es mir.

Komisch, dass mir das bisher noch gar nicht so aufgefallen ist!

»Der ist doch nicht ganz echt«, kichert Anna, als sie meine

verdutzte Miene bemerkt. »Guck hier!«, sagt sie, fasst in das Oberteil und zieht den Zipfel eines weißen Schaumgummipolsters hervor.

Ich lege mein Zeug neben ihrem ab und glotze wie belämmert auf ihre gepushte Oberweite. Dabei klappe ich meinen Mund auf und zu wie ein Hering, den man gerade frisch aus dem Meer gefischt hat.

»Ist mir egal, wenn du mich für bekloppt hältst«, kommt Anna mir zuvor. »Ich habe einfach keine Lust mehr, als Bügelbrett durch die Gegend zu laufen.«

Was ja wohl maßlos übertrieben ist!

Erstens laufen Bügelbretter nicht, und zweitens hat Anna sehr wohl schon etwas Busen. Auch ohne diese blöden Polsterdinger. – Jedenfalls mehr als ich. Wenn hier also eine von uns besonders gut in die flache Nordseelandschaft passt, dann bin *ich* das.

Ich setze gerade an, Anna all das zu verklickern, als ihr Rucksack losdudelt.

»Dein Handy«, sagt sie knapp, lässt sich der Länge nach auf ihrer Badematte nieder und schließt die Augen.

Ich greife nach ihrem Rucksack und versuche die Schnalle zu öffnen, was mit einer nur halbwegs funktionstüchtigen Hand gar nicht so einfach ist.

»Mensch, hilf mir doch mal!«, jaule ich, im selben Moment springt die Schließe auf.

Ich drehe den Rucksack um und kippe den Inhalt auf meinen Strandmatten-Handtuch-Haufen. Mein Smartphone landet gleich obenauf und von seinem Display lacht mir Jonas Foto entgegen.

OMG! Mein Herz macht einen doppelten Salto und hört dann auf zu schlagen. – So fühlt es sich zumindest an.

Mit zitternden Fingern stelle ich die Verbindung her und kratze mir mühsam ein »Hey« aus dem Hals.

»Hi, Em.«

»Hey«, sage ich überflüssigerweise noch einmal, danach herrscht Schweigen.

»Wo bist du?«, fragt Jona ein halbes Jahrhundert später.

»Bei meinem Vater … Du weißt schon, an der Nordsee.«

Du weißt schon … du weißt schon … du kennst mich … du kennst mich … hallt es in meinem Kopf nach. Du bist mir sooo vertraut. Trotz allem. Noch immer.

Meine Güte, Jona, ob mein Herz wohl jemals wieder zu schlagen beginnen wird?

Mein Blick fliegt zu Anna. Sie hat die Augen geöffnet.

Wer ist das?, formt sie lautlos mit den Lippen.

Ich winke ungeduldig ab.

»Wieso rufst du an?«, schaffe ich es irgendwie zu fragen.

»Ich muss mit dir reden.«

Das dachte ich mir …

»Ich … ähm … ich muss dir was sagen.«

»Okay …?«

»Es ist wegen Birke«, erklärt Jona. »Ich ähm … ich hab ihr alles erzählt.«

»Was?«, hauche ich.

»Dass wir uns schon ewig kennen. Dass wir Freunde sind. Die besten eigentlich. Und dass Biken meine große Leidenschaft ist …«

»Wow!«, hauche ich.

Das war mutig. Und jetzt schlägt auch mein Herz wieder, nein falsch – es flattert in meiner Brust herum wie ein aufgeregter Schmetterling, der versehentlich in eine Falle geflogen ist und es nicht erwarten kann, endlich wieder freigelassen zu werden. »Und? Was hat sie gesagt?«, frage ich nicht weniger aufgeregt.

»Sie war … sie ist …«, fängt Jonathan an zu stammeln und ich merke, wie aus meinem Schmetterlingsherz ein Stein wird, der mir mit einer affenartigen Geschwindigkeit an der Rüsche vorbei bis zum unteren Ende des Badeanzugs rutscht.

»Sie findet es nicht okay«, fährt Jona fort, als ich schon längst weiß, dass er genau das sagen würde.

»Und jetzt?«, krächze ich.

»Sie will, dass ich das Biken aufgebe.«

»Das hast du doch längst«, presse ich tonlos hervor.

Mein Hals ist so eng, dass nicht einmal mehr ein Apfelkern hindurchpassen würde.

»Ja«, sagt Jona.

»Und findest du das nicht ziemlich schade?«

»Na ja …«

Jonathan druckst und ich bete, bitte, flehe: Sag ja. Sag, dass du dich geirrt hast! Und dass mit Birke Schluss ist!

»Es ändert sich eben alles.«

»Was meinst du damit?«, frage ich erschrocken.

»Na ja, dass Birke schon recht hat … Also damit, dass BMX-Biken eigentlich Kinderkram ist … und so …«

»Das stimmt nicht, Jona«, widerspreche ich. »Es gibt so viele Jugendliche und Erwachsene, die …«

Er lässt mich nicht ausreden.

»Es ist Schluss, Emely. … Endgültig. Und das wollte ich dir persönlich sagen«, teilt er mir so förmlich mit, als wäre er kein normaler Mensch, sondern der Bundeskanzler höchstpersönlich.

Ich schlucke.

»Womit?«, bringe ich mit Mühe und Not heraus und jetzt klopft mein Herz mich fast um den Verstand. »Mit Birke?«

»Nein, Emely. Natürlich nicht. Wie kommst du nur darauf?«, wundert er sich.

»Mit was denn dann? … Dem Biken?«

Jonathan macht einen langen tiefen Seufzer.

»Ja, damit auch.«

Ich nicke und schlucke.

Und schlucke.

Und schlucke.

Meine Unterlippe bebt und eine Träne tropft aus meinem Auge in den hellen heißen Dünensand hinunter.

»Mit uns, Em«, sagt Jona, obwohl es total überflüssig ist, es auch noch auszusprechen. Weil ich es ja weiß. Und weil ja sowieso nie was war mit uns. Außer Freundschaft. Richtig, richtig guter Freundschaft.

Ich hab immer gedacht, dass sie für immer hält. Wirklich für immer und ewig. Aber da habe ich mich wohl geirrt.

»Mach's gut, Em«, sagt Jona und mit einem leisen Klicken verschwindet er aus meinem Leben.

Ein Fund im Watt

»Du bist ein selten dämliches Arschgesicht!«, höre ich Anna fauchen. »So etwas würde ich Emely niemals antun! Kapierst du … niem…« Sie bricht ab und lauscht, um kurz darauf von Neuem loszubrüllen. »Nein, das verstehe ich nicht! Ein Freund ist ein Freund … oder er ist es eben nicht. Und so, wie du dich aufführst, bist du es offenbar nie gewesen. Arme Em, kann ich da nur sagen. Und du, du kannst froh sein, dass ich gerade nicht in deiner Nähe bin, sonst würde ich dir nämlich einen Tritt verpassen, der dich ins ödeste Nebenuniversum überhaupt katapultiert. Und deine doofe Birke gleich mit dazu!«

Danach herrscht einen Moment lang Stille. Währenddessen stapft Anna neben mir hin und her und ich sitze nur da und heule in den Sand.

»Blödmann!«, zischt sie schließlich, lässt sich auf ihre Matte plumpsen und schlägt die Beine unter. »Hat einfach aufgelegt.«

Das wundert mich nicht. Jona ist noch nie der Typ gewesen, der sich gerne anschreien lässt.

»Ich hasse ihn!«, presse ich hervor und ziehe die Nase hoch.

»Ich auch«, knurrt Anna. »Und wie! Trotzdem dürfen

wir uns davon jetzt nicht fertigmachen lassen. Das ist dieser Megapfosten von einem morschen Lattenzaun nämlich nicht wert.«

Jetzt muss ich unter Flennen grinsen. Dieser Spruch hätte nämlich glatt von mir sein können.

Ein letzter Schluchzer erschüttert meinen Körper, dann wische ich mir energisch mit dem Handrücken die Tränen aus dem Gesicht.

»Meinetwegen soll er sich doch mit seiner Birke an einer einsamen Stelle im Wald einpflanzen lassen«, sage ich. »Er wird schon merken, was er davon hat.«

Anna starrt angestrengt nickend auf mein Smartphone. »Da ist übrigens eine Nachricht auf deiner Mailbox«, erwidert sie und hält mir das Handy hin.

»Etwa auch von Jona?«, frage ich.

Sie schüttelt den Kopf. »Glaube nicht. Es sei denn, er hat einen anderen Anschluss benutzt.«

Dann stammt diese Nachricht womöglich von Birke, die Jonas Sachen durchgeschnüffelt und meine Nummer auf seinem Handy entdeckt hat. Das sähe ihr ähnlich, so zickig, wie sie sich letzte Woche am Hauptbahnhof aufgeführt hat.

Als ich jedoch die Mailbox abrufe, ertönt Maylins glückliche Stimme.

»Hallo, Em!«, jubelt sie. Stell dir nur vor: Meine Eltern haben sich etwas ganz Besonderes für mich einfallen lassen! Ich bin quasi über Nacht an einem gaaanz supertollen Ort gelandet!«

»Hey, wie cool ist das denn!«, freut sich Anna, während sie unser gemeinsames Hab und Gut in den Rucksack zurückschaufelt. »Willst du nicht gleich anrufen und sie fragen, wo sie ist?«

»Nee«, sage ich. »Nicht mit dieser Heulstimme. Da macht sie sich bloß gleich wieder Sorgen. Ich muss mich jetzt erst mal ein bisschen beruhigen.«

Anna und ihr nackter Bauch halten es gerade mal zehn Minuten in der Sonne aus, dann springt sie plötzlich auf und ruft: »Ich muss jetzt ins Wasser, sonst verglühe ich!« Erwartungsvoll blickt sie auf mich herab. »Was ist? Kommst du mit?«

Ich blinzele zu ihr hoch und überlege, wie ich ihr beibringe, dass ich mich am liebsten für eine Weile im Sand einbuddeln würde.

»Und wehe, du sagst Nein«, droht sie, bevor ich mir die ersten Worte zurechtgelegt habe. Sie beugt sich zu mir herunter und zerrt an meiner gesunden Hand. »Jetzt reiß dich mal zusammen, Em! Vom Rumliegen und Schmollen kriegst du dein Gefühlschaos garantiert nicht auf Vordermann.«

Hast du eine Ahnung!, denke ich, leiste aber keinen Widerstand. Im Grunde weiß ich Annas Hartnäckigkeit nämlich durchaus zu schätzen.

Meine Freundin schultert den Rucksack und läuft los, und wieder einmal folge ich ihr wie ein bedröppeltes Huhn. Die Rüsche an »meinem« Badeanzug wippt bei jedem Schritt auf und ab, doch das ist mir egal. Meinetwegen können mich gerne alle anglotzen, auslachen und verspotten. Schlimmer als es bereits ist, kann es sowieso nicht mehr werden. – Ha! Was für ein Irrtum!

In der Zwischenzeit hat die Nordsee sich ein weiteres Stück vom Strand erobert und leckt bereits an den Stelzen unserer Pension. Ein Großteil der Leute scheint mittagessen gegangen zu sein, und die, die noch da sind, tappen fast alle im Wasser herum.

Auch Anna rennt mit ausgebreiteten Armen mitten hinein.

»Uiiih!«, quiekt sie. »Das ist ja pipiwarm!«

Ich bleibe einen halben Schritt vor dem Meeressaum stehen und warte auf die nächste Welle, die sanft meine Zehen umspült. Das Wasser zieht sich sofort wieder zurück, läuft aber mit jedem Mal ein Stück weiter auf, sodass ich innerhalb weniger Minuten bis zu den Knöcheln in der Nordsee stehe.

Unterdessen springt Anna kichernd und glucksend vor mir im Wasser hin und her. Tropfenfontänen spritzen in die Höhe und flirren wie Kristalle im Sonnenlicht. Der Rucksack hopst auf ihrem Rücken auf und ab, und die roten Locken tanzen auf ihren Schultern.

Plötzlich bleibt sie stehen, beschirmt ihre Augen und sieht aufs Meer hinaus.

»Guck mal, Emely, dahinten!«, ruft sie und streckt den Arm aus. »Siehst du das auch?«

Ungefähr zweihundert Meter von uns entfernt liegt mitten im Watt etwas Dunkles, das mich spontan an einen Delfin erinnert.

»Oh Mann!«, keuche ich. »Ist das nicht die Stelle, an der wir gestern Nacht dieses komische Dings gesehen haben?«

»Nein«, sagt Anna. »Das war viel weiter rechts.« Bittend sieht sie mich an. »Sollen wir mal nachschauen? Vielleicht ist es ein Wal oder so was.«

Ich nicke beklommen und kratze mir ein raues »Okay« aus dem Hals.

Langsam setzen wir uns in Bewegung, und mit jedem Schritt, den wir dem »Ding« näher kommen, wächst die Gewissheit, dass es sich dabei keinesfalls um einen großen Gegenstand, sondern tatsächlich um ein Tier handeln muss. Allerdings ist es viel kleiner, als ich zunächst angenommen hatte.

Bitte, bitte, lass es nicht tot sein, flehe ich.

Anna, die auf Zehenspitzen neben mir herschleicht, murmelt ein leises Gebet. Plötzlich umklammert sie meinen Oberarm.

»Eine Robbe!«, stößt sie zwischen zusammengebissenen Zähnen hervor. »Em, das muss ein Seehundbaby sein!«

Meine Freundin und ich stoppen gleichzeitig. Wie gebannt starren wir auf das Tier, das ungefähr zehn Meter von uns entfernt reglos im nassen, von schwarzem Schlick durchsetzten Sand liegt.

Das Herz klopft mir bis zum Hals hinauf.

»Lebt es noch?«, krächze ich.

»Weiß nicht.« Annas Stimme ist dünn wie ein Hauch. Sie hält den Atem an und kneift ihre Augen zusammen. »Ich glaube, gerade hat es sich bewegt. Oh, Mann, Em, was machen wir bloß?«

»Keine Ahnung«, murmele ich und ziehe sie langsam weiter.

Schritt für Schritt tappen wir auf das Robbenjunge zu. Im Sonnenlicht schimmert sein feuchtes Fell nun silbergrau. Nur ein paar dunkle Flecken überziehen seinen Rücken.

Plötzlich dreht es den Kopf in unsere Richtung. Riesige schwarze Knopfaugen blicken uns ängstlich entgegen.

»Oh, mein Gott!«, wispert Anna. »Ist das niedlich! … Aber wo ist seine Mutter? U-und wie kommt es hierher?«

Ich höre ihre Worte, und mit einem Mal weiß ich, was zu tun ist.

»Tanja Reffzens Mann arbeitet bei einer Seehundstation ganz hier in der Nähe«, raune ich, während ich mein Smartphone aus dem Rucksack fische. »Ich rufe sie jetzt an, damit sie ihn alarmieren kann.«

»Mensch, Emely, wir wissen doch gar nicht, ob …«, will meine Freundin einwenden, aber für mich ist die Sache klar.

Wenn diese kleine Robbe tatsächlich schon in der vergangenen Nacht hier allein im Wasser trieb, braucht sie Hilfe. Und zwar von einem Fachmann.

Ich traue mir das jedenfalls nicht zu. Ein verirrtes oder krankes Seehundbaby ist schließlich keine verletzte Hauskatze, sondern ein wild lebendes Tier. Warten, bis irgend so ein blöder Jäger auftaucht, werde ich allerdings ganz bestimmt nicht.

Hektisch hole ich Pops' Nummer aufs Display und stelle die Verbindung her. Es dauert eine schrecklich lange Weile, bis er sich endlich meldet, deshalb lasse ich ihn erst gar nicht groß zu Wort kommen, sondern erzähle ihm in schnellen, knappen Sätzen, was Anna und ich entdeckt haben.

»Nicht anfassen«, ist das Erste, was er antwortet. »Hörst du, Emely?«

»Ja … ja … Weiß ich doch! K-kannst du Tanja Bescheid sagen? Damit sie ihren Mann anruft und …?«

»Das macht sie bereits.«

»Wie jetzt? Habt ihr das Seehundbaby etwa auch gesehen?«

»Nein«, erwidert Pops. »Ich brauchte nur das Wort Robbe auf einen Zettel zu schreiben und ein Ausrufezeichen dahinterzusetzen, und sie wusste Bescheid. So, und jetzt sag mir bitte, ob noch andere Leute in der Nähe sind!«

Ich schüttele den Kopf. »Nee. Im Moment jedenfalls nicht.«

»Gut. Dann entfernt ihr euch jetzt bitte möglichst ruhig und vermeidet unbedingt hektische Bewegungen.«

Alles klar. »Bis gleich.«

Ich kappe die Verbindung, behalte das Smartphone jedoch für alle Fälle in der Hand, und nicke Anna zu. »Wir sollen zur Pension kommen.«

Das hat mein Vater zwar so nicht gesagt, aber natürlich möchte ich die Vorbereitungen für die Robbenbaby-Rettungsaktion auf keinen Fall verpassen, und die Fäden dafür laufen nun mal im »Hauptquartier« *Pension Weitblick* (der Name ist echt Programm) zusammen.

Anna und ich bemühen uns wirklich sehr, uns so langsam und unauffällig zu bewegen, dass weder das Robbenbaby gestresst noch irgendjemand auf uns aufmerksam wird. Doch leider sind wir nicht die Einzigen, die das komische dunkle Etwas entdeckt haben.

»Kommt ihr von dort?«, spricht uns ein Mann an, um dessen Hals eine dicke Digitalkamera baumelt. »Habt ihr gesehen, was das ist?« Er deutet auf mein Handy. »Habt ihr es vielleicht sogar fotografiert?«

»Nein.« Ich schüttele den Kopf. »Ähm …«

»Das ist nur eine umgedrehte Wäschewanne«, behauptet Anna.

»Unsinn«, erwidert der Mann und läuft einfach weiter auf die kleine Robbe zu.

Unzählige andere Leute folgen ihm.

»Mist!«, fluche ich und fange an zu rennen.

Patsch! Patsch! Patsch!, machen unsere Schritte auf dem nassen Sand.

Stimmengewirr. Laute Rufe. Glitzernde Wassertropfen. Bunte Badehosen. Wehende Handtücher. Der Duft nach Sonnenkrem – all das fliegt im Zeitraffer an mir vorbei. Trotzdem dauert es eine gefühlte Ewigkeit, bis Anna und ich endlich das Stelzenhaus erreichen.

Auf der Treppe zur Eingangstür steht mittlerweile eine ganze Reihe Leute, die das Geschehen durch Ferngläser verfolgt.

Als ich die Hälfte der Stufen erklommen habe, schwingt die Tür auf und Pops und Tanja Reffzen kommen mir entgegen.

»Die Leute …«, presse ich keuchend hervor. »Wir konnten sie nicht …«

»Ich weiß, Prinzessin«, unterbricht Pops mich. »Aber keine Sorge, der Seehundjäger ist schon unterwegs.«

»Was?« Tränen schießen mir in die Augen. Ungläubig starre ich meinen Vater an. »Wieso soll es denn getötet werden?«

»Beruhige dich, Emely.« Tanja Reffzen berührt mich sanft an der Schulter. »Ein Jäger tötet die Tiere nur, wenn es wirklich nötig ist. Erst einmal wird er die Robbe untersuchen.

Außerdem ist mein Ex-Mann bereits mit dem Boot hierher unterwegs. Wahrscheinlich wird er die Robbe zum Aufpäppeln in die Seehundstation bringen.«

Anna und ich atmen erleichtert auf.

»Tanja und ich werden jetzt die Leute zurückrufen, damit das Tier nicht in Panik gerät und niemand verletzt wird«, sagt Pops und tätschelt mir flüchtig die Wange. »Am besten, ihr wartet hier, bis alles vorbei ist.«

Aus der Ferne beobachten Anna und ich, wie mein Vater und Tanja Reffzen sich mühen, die Leute vom Fundort der Robbe zu verscheuchen. Es ist ein schwieriges Geschäft, denn offenbar sind einige darunter, die alles besser wissen und das Ganze unbedingt aus nächster Nähe miterleben und filmen oder fotografieren wollen.

Inzwischen ist nämlich auf dem Meer ein kleines Schiff aufgetaucht, das jenseits orangefarbener Bojen und senkrecht aufgestellter Stangen (die die Fahrrinne markieren) vor Anker geht. Kurz darauf nähern sich von dort zwei Personen in einem Ruderboot. Es sind ein Mann und eine Frau. Leise gleiten sie auf die Stelle, an der wir die kleine Robbe gefunden haben, zu.

Im Augenblick ist das Seehundbaby allerdings nicht zu sehen.

»Hoffentlich ist es nicht doch noch gestorben«, murmelt Anna neben mir.

Angespannt beobachtet sie die Wasseroberfläche, und ihre Hände umklammern das Holzgeländer so fest, dass ihre Fingerknöchel weiß hervortreten.

»Ach was«, spreche ich uns beiden gut zu. »Bestimmt hat die Robbe Angst bekommen und ist ins Meer geflüchtet.«

»Na, du kennst dich ja gut aus«, sagt eine Stimme hinter mir, und im nächsten Moment zupft jemand an der Rüsche meines Badeanzugs. »Little Queen of Seals.«

»Hey, was soll das?«, fauche ich und noch in derselben Millisekunde, in der ich herumsause, wird mir klar, dass ich die Stimme eigentlich kenne und ich mich daher konsequenterweise direkt über das Geländer ins Wasser hätte hinunterstürzen müssen.

Doch dafür ist es nun leider zu spät.

»Aber du, was?«, blaffe ich Phineas (alias Vollidiot) ins Gesicht. Dabei hätte ich auch das eigentlich besser lassen (weil besser wissen) sollen. Denn natürlich hat er von Seehunden und Kegelrobben sehr viel mehr Ahnung als ich.

»Hübsches Teil übrigens«, erwidert er unbeeindruckt, scannt den Aprikosenanzug breit grinsend von oben bis unten ab und wendet sich dann mit großen Augen Annas Bikinioberteil zu. »Wow! Der ist doch nicht etwa echt, oder?«

Nein, ist er nicht, will ich ihn anknurren, doch da hat meine Freundin bereits ihren Busen herausgereckt und erwidert ebenfalls grinsend. »Na, logisch!«

»Mach nur weiter so, dann scheuer ich dir eine«, fahre ich Phineas an.

»Was denn!«, gibt er kopfschüttelnd zurück und in seinen schokoladenbraunen Augen blitzt es übermütig. »Du willst dir allen Ernstes deine andere Hand auch noch ruinieren?«

»Pfff«, mache ich, mehr fällt mir auf die Schnelle leider nicht ein. Und anstatt mich einfach umzudrehen und entweder in die Pension abzutauchen oder mich auf den überfluteten Strand zurückzubegeben, glotze ich ihn an, als hätte ich nicht mehr alle Latten in einer Reihe.

Seit dem letzten Herbst ist er ein ganzes Stück gewachsen, sein Gesicht ist etwas eckiger geworden und über seiner Oberlippe schimmert ein hauchzarter Flaum. Die schwarzen Haare trägt er noch immer zusammengebunden und sein Zopf ist mittlerweile mindestens zehn Zentimeter länger als meiner.

»Okay, ich merke schon, hier redet keiner mit mir«, sagt Phineas und setzt eine frustrierte Miene auf. »Aber das ist ja nichts Neues.« Er deutet auf das Ruderboot, das jetzt ruhig auf dem Wasser dümpelt. Der Mann und die Frau haben sich hingekniet und lassen langsam ein Netz über die Bordkante gleiten.

»Außerdem werde ich gerade anderweitig gebraucht«, fährt Phin fort. »Wenn die Damen mich also bitte entschuldigen wollen …«

Mit diesen Worten wendet er sich ab und sprintet die Treppe hinunter.

»Hahaha!«, prustet Anna los. »Was war denn das für ein witziger Typ?«

Witzig? – Ich glaub, ich spinne!

»Ich lach mich gleich tot«, brumme ich.

»Hihi, ja, ich merke schon, der hat's nicht leicht bei dir«, erwidert Anna kichernd.

»Dieser Typ ist schlimmer als Teo«, knurre ich. »Und du hältst ihm auch noch deinen Schaumgummibusen unter die Nase!«

»Ach, na und«, sagt sie noch immer grinsend. »War doch lustig.«

»Du meinst wohl eher peinlich.«

»Mhm.« Anna nickt. »Für ihn.«

»Eben nicht«, entgegne ich. »Ich fand es jedenfalls ziemlich frech von ihm, dir auf die Brust zu glotzen und dann auch noch zu fragen, ob sie echt ist.«

»Joh, das war es«, stimmt Anna mir zu. »Aber wäre es dir lieber gewesen, wenn ich rot angelaufen wäre und beschämt zu Boden geguckt hätte? Das hättest du doch garantiert auch nicht gemacht.«

Nee! Allerdings wäre ich auch gar nicht erst in so einem ausgestopften Bikini-Dings hier aufgekreuzt!

»Och, Mensch!«, stößt Anna unvermittelt aus und reckt ihren Hals, um über einen etwa achtjährigen Jungen hinweg aufs Meer hinuntersehen zu können. »Jetzt hätten wir vor lauter Gestreite fast nicht mitgekriegt, wie sie das Robbenbaby aus dem Wasser ziehen!«

»Wieso? Wir streiten doch nicht«, murmele ich und richte meinen Blick ebenfalls zum Strand hinunter. Phineas entdecke ich nicht und auch niemanden, der wie ein Seehundjäger aussieht. Der Mann und die Frau in dem Ruderboot haben sich aufgerichtet und heben das Netz mit dem Seehundjungen nun vorsichtig an Bord. Die kleine Robbe zappelt wie wild.

»Keine Angst, meine Kleine«, sage ich leise. »Sie wollen dir doch nur helfen.«

Tatsächlich geht jetzt alles ganz schnell. Während die Frau sich über die Robbe beugt, ergreift der Mann die Riemen und rudert zügig auf das Schiff in der Fahrrinne zu.

»Vielleicht kann man diese Seehundstation ja besuchen«, überlegt Anna. »Ich zumindest würde mir schrecklich gerne mal ansehen, wie Robbenbabys aufgepäppelt werden.«

Ich sage nichts dazu. Weder zu den Seehunden noch zu der Station, auf der Tanja Reffzens früherer Ehemann und Phineas' Vater arbeitet. Und ich erzähle Anna auch nicht, dass ich Phin bereits kenne, und er sich vermutlich nur deshalb so extrem danebenbenommen hat, weil er und ich uns bei meinem letzten Besuch schon so fürchterlich in der Wolle hatten. Schlimm genug, dass wir auch diesmal zur selben Zeit hier sind, da kann ich wirklich nur hoffen, dass unsere Wege sich nicht allzu oft kreuzen.

»Ich sterbe vor Hunger«, sage ich und bewege mich auf die Pensionstür zu.

»Und was ist mit unseren Sachen?«, ruft Anna mir hinterher. »Sollen wir die nicht lieber zuerst holen?«

Miste, Piste! Aber meinetwegen!

Ich mache eine Kehrtwende und flitze die Treppe hinunter. Mit langen Schritten wate ich an all den herumstehenden Menschen, die sich über das Robbenjunge unterhalten, durchs Wasser auf die Dünen zu. Anna trabt mir hinterher.

»Erinnerst du dich noch, wo wir gelegen haben?«, will sie wissen. »Ich nämlich nicht.«

»Ich glaube, es war gleich dahinter«, sage ich und deute auf einen Sandhügel, an dessen Fuß besonders viele Grasbüschel wachsen.

Schnurstracks umrunde ich ihn und finde mich kurz darauf tatsächlich in einem Dünental wieder.

Im weichen Sand kann man sogar noch unsere Spuren erkennen, die Matten und unsere Handtücher sind allerdings verschwunden.

»Hallo!?«, fluche ich. »Welcher Blödmann klaut bitte schön die Handtücher von fremden Leuten?«

»Vielleicht war es ja gar nicht hier«, überlegt Anna und sieht sich nach allen Seiten um. »Die Abdrücke können doch auch von jemand anderem stammen.«

Wir stapfen noch eine Weile in den Dünen herum, von unseren Sachen fehlt allerdings jede Spur. Schließlich geben wir auf und gehen genervt und auch ein bisschen sauer zur Pension zurück.

Inzwischen ist es fast drei und das Meer befindet sich schon wieder auf dem Rückzug.

»Noch eine halbe Stunde«, sagt Anna und hält mir die Tür auf.

»Was ist dann?«, frage ich irritiert.

Sie zwinkert mir zu. »Eisessen bei der Chefin.«

Ach, du liebe Güte! Das habe ich ja völlig vergessen!

»Erst mal brauche ich was Richtiges«, entgegne ich. »Sonst wird mir nämlich schlecht.«

Zwar hat mir die Begegnung mit Phineas endgültig den Appetit verdorben, aber mein Magen knurrt trotzdem wie ein wütender Wolf. – Perfekt also, dass in unserem Zimmer noch mein Lunchpaket auf mich wartet!

Doch zu allem Unglück muss ich feststellen, dass in der Zwischenzeit jemand dort war und geputzt und aufgeräumt hat.

»Oh nein!«, stöhne ich. »Was ist denn das hier für ein Saftladen!«

»Überhaupt nicht«, erwidert Anna. »In jedem Hotel gibt es Zimmermädchen. Das ist ein ganz normaler Service. Och, Mensch, Emely«, meint sie dann und drückt mir einen Kuss auf die Wange. »Jetzt zieh doch nicht so einen Flunsch. Ich weiß, das ist bisher nicht dein Tag gewesen, aber das muss ja nicht so bleiben.« Sie verpasst mir einen weiteren Kuss auf die Nase und lächelt mich so herzerweichend an, dass sowohl mein Jona-Schmerz als auch der Phineas-Frust auf ein winziges, gut zu ertragendes Minimum zusammenschmelzen. »Wir gehen jetzt rasch unter die Dusche, schlüpfen in unsere Lieblingssachen, und fragen dann mal an der Rezeption nach, wo dein Butterbrotpaket geblieben ist. Und heute Abend stürzen wir uns auf unsere Handarbeiten. Du wirst sehen, davon wird sich deine Laune schlagartig um hundert Prozent verbessern.«

Ich schlinge Anna meine Arme um den Hals und wispere ihr ein leises »Yes!« ins Ohr. »Du bist die Allerbeste!«

»Was sonst?«, erwidert sie und knufft mich übermütig gegen die Schulter.

Keine zwanzig Minuten später sind wir geduscht, gecremt und in frische Klamotten gehüllt. Anna hat ein bonbonfarbenes Colorblocking-Kleid übergezogen, das sie sich aus drei alten Schlabbertops genäht hat. Sie hat die Dinger einfach auseinandergeschnittenen und neu zusammengesetzt. Ganz ähnlich ist mein dunkelgrün-schwarz gehälftetes T-Shirt entstanden, das ich anschließend auf der rechten Brusthälfte noch mit einem Schmetterling aus violett-glänzenden Nieten verziert habe. Dazu trage ich schwarze Shorts und meine Häkelmütze.

Anna und ich schlüpfen in unsere Flipflops, schließen die Zimmertür hinter uns und dackeln zur Rezeption.

Gerti bemerkt uns nicht gleich, weil sie in ein Kreuzworträtsel vertieft ist, und zuckt erschrocken zusammen, als ich sie anspreche.

»Oh, Emely, was sagst du?«, fragt sie verwundert. »Dein Lunchpaket ist nicht mehr da? Hm, merkwürdig ... Vielleicht hast du es ja doch aufgegessen«, meint sie schmunzelnd.

»Klar, das macht sie immer so«, steigt Anna sofort darauf ein. »Klammheimlich und mitsamt der Verpackung. Styropor mag sie nämlich besonders gern. Und später behauptet sie dann, jemand hätte es ihr geklaut.«

»Blödi«, sage ich und drücke ihr grinsend meinen Ellenbogen in die Seite.

»Übrigens ...«, wendet Gerti sich an Anna. »Deine Mutter hat angerufen. Vor ungefähr einer halben Stunde.«

»Oh.« Über das Gesicht meiner Freundin huscht ein Lächeln. »Was wollte sie denn?«

»Das hat sie mir nicht verraten«, erwidert Gerti augenzwinkernd. »Am besten ist wohl, du meldest dich mal zu Hause.«

Anna nickt.

»Komisch«, meint sie dann. Sie holt ihr Smartphone hervor, wischt einige Male über das Display und schüttelt den Kopf. »Wieso hat Mama es nicht auf dem Handy versucht?«

»Vielleicht konnte sie dich nicht erreichen?«, überlegt Gerti.

»Wieso denn nicht?«, entgegnet Anna. »Mein Handy war doch fast immer eingeschaltet.«

Gerti reibt sich nachdenklich über die Stirn. »Was hast du denn für ein Netz?«, will sie wissen.

»E-plus.«

»Na, da haben wir's doch schon!«, sagt Gerti. »Das funktioniert hier bei uns im hohen Norden nicht besonders gut.«

»Mist!«, murmelt Anna. »Hoffentlich denkt sie nicht, dass mir etwas passiert ist.«

»Keine Sorge«, beruhigt Gerti meine Freundin. »Ich habe deiner Mutter versichert, dass es euch gut geht und ihr euch prächtig amüsiert. Sie weiß, dass ihr am Strand seid und rechnet bestimmt nicht vor heute Abend mit deinem Anruf. So, und jetzt ab mit euch!«, fordert sie uns schmunzelnd auf. »Und genehmigt euch erst mal ein schönes Eis. Das Lunchpaket wird garantiert wieder auftauchen.«

»Wer's glaubt«, raune ich Anna zu, nachdem wir den Weg in Richtung Frühstücksraum eingeschlagen haben. »Ich fürchte mittlerweile wirklich, dass hier irgendjemand herumschleicht und uns die Sachen stibitzt.«

»Du meinst, so eine Art blinder Hotelgast, der sich auf Kosten anderer Leute durchschlägt?«, erwidert Anna zweifelnd.

»Schon möglich …«, gebe ich nachdenklich zurück, als plötzlich Phineas' grinsendes Gesicht vor mir auftaucht. – OMG! »Vielleicht kennen wir ihn aber auch«, rutscht es mir heraus.

»Also, das kann ich mir nun echt nicht vorstellen«, entgegnet Anna. »Obwooohl …«, meint sie dann und ihre Augen bekommen einen seltsamen Schimmer.

»Was?«, frage ich, doch meine Freundin winkt sofort ab.

»Ach nix«, meint sie. »War ein ziemlich dusseliger Gedanke. Nicht der Rede wert.«

Das wiederum kann ich nun nicht so recht glauben. Im Gegenteil: Mir schwant, dass Anna ebenso wie ich jemand ganz Bestimmten im Auge hat. Einerseits juckt es mich total auf der Zunge, hier noch einmal nachzuhaken, andererseits habe ich keine große Lust, mich mehr als unbedingt nötig mit Phineas zu beschäftigen. Und deshalb halte ich lieber die Klappe. Zumindest vorerst.

Ohnehin sind wir nur noch drei Schritte vom Frühstücksraum entfernt, und in wenigen Sekunden werden ganz andere Themen angesagt sein. Wobei ich nicht wirklich weiß, worüber wir uns mit Tanja Reffzen unterhalten sollen. Die vermeintlich verschwundenen Sachen möchte ich ihr gegenüber jedenfalls erst einmal nicht erwähnen. Bliebe der Robbenfund und das Thema Seehund im Allgemeinen. Das wird Anna bestimmt brennend interessieren. Mich ja eigentlich auch – wenn da nicht die Seehundstation, Phineas' Vater und Phin selbst dranhingen …

Ach, verflucht, du wirst das Ganze nicht umschiffen können, Em, sage ich mir, trete über die Schwelle – und erstarre in meiner Bewegung.

Pops sitzt noch immer am selben Tisch wie heute Mittag und brütet über seinem Forschungsbericht. Allerdings ist er nicht allein.

Tanja Reffzen sitzt neben ihm. Und zwar ziemlich nah. Ihre rechte Hand liegt auf seinem Unterarm und ihre Finger streicheln sachte über seine Haut.

Als Pops mich bemerkt, rückt er hastig ein Stück von ihr ab.

Anna zwickt mich in die Taille. – Sie hat es also auch gesehen!

»Hallo, Prinz… ähm, Emely!«, ruft Pops und tippt auf seine Armbanduhr. »Da seid ihr ja schon! Pünktlich auf die Minute!«

Tja, damit hast du wohl nicht gerechnet, denke ich und versuche, den fiesen Stich in meiner Brust zu ignorieren.

Mit möglichst argloser Miene gehe ich auf die beiden zu und warte, bis Anna sich einen Stuhl ausgesucht hat. Dann setze ich mich ebenfalls und frage:

»Hat Moms dir eigentlich schon erzählt, dass sie einen Freund hat?«

Krise 10

Keine Ahnung, wie oft Anna mir vorgehalten hat, dass ich ja wohl total bescheuert wäre, meinem Vater einen solchen Bären aufzubinden, aber ich schätze, dass es ungefähr tausend bis zweitausend Mal gewesen sein könnten.

»Das geht niemals gut«, orakelte sie gestern Abend, während wir über unseren Handarbeiten hockten. »Dafür wirst du einen Riesenärger bekommen!«

Das Ganze hatte sie so in Fahrt gebracht, dass sie in einem Affenzahn zwei komplette Mützen hintereinander weg häkelte: eine pink-orange geringelte mit knallrotem Schirm und eine limettengelbe mit türkisgrüner Litzenkante, die sie später noch mit hellblauen Perlen verzieren will.

Unterdessen habe ich mich damit begnügt, Perlen, Knöpfe, Bänder, Litzen und Garne nach Farben zu sortieren und mir zu überlegen, welche Art Kopfbedeckungen ich kreiere, sobald meine verletzte Hand wieder voll einsatzbereit ist. Außerdem musste ich Missie H. davon abhalten, gleich alles wieder durcheinanderzubringen.

Abermals waren wir bis nach Mitternacht auf, anders als Anna konnte ich heute jedoch leider nicht ausschlafen, weil Pops mich schon um Viertel vor acht aus dem Bett geholt hat.

Eine gute halbe Stunde später sind wir dann in eine Klinik gedüst, wo nicht nur mein Verband erneuert wurde, sondern praktischerweise auch gleich noch meine Augen untersucht worden sind.

Mein Daumen tut mittlerweile zwar sehr viel weniger weh, braucht aber trotzdem noch für ein paar Tage Unterstützung. Zum Glück ist der neue Verband ein wenig schmaler, sodass ich meine Finger jetzt sehr viel besser bewegen kann. Wirklich ärgerlich ist das Ergebnis meines Augentests. Auf der rechten Seite sehe ich jetzt nämlich angeblich noch schlechter als vor einem Dreivierteljahr.

Pops hat sich furchtbar aufgeregt und mich sofort zum nächsten Optiker kutschiert, bei dem ich mir gleich zwei Brillen (eine randlose und eine mit dunkelrotem Rahmen) aussuchen *durfte*. Abholbereit mit den neuen Gläsern in vier Tagen. Na toll!

Über Moms und ihren angeblichen Freund hat er kein Wort mehr verloren. Auch jetzt, auf dem Weg zurück zur Pension, guckt er die ganze Zeit über stur und nahezu stumm auf die Straße hinaus. Und wenn er mal etwas sagt, hat es weder mit Moms noch mit Tanja zu tun.

Sein Schweigen und den Umstand, dass das Eisessen gestern Nachmittag in knapp zwanzig Minuten und ziemlich angespannter Atmosphäre über die Bühne gegangen ist, werte ich allerdings eher positiv. Meinetwegen kann Anna mir so viel Ärger prophezeien wie sie will, ich zumindest bin felsenfest davon überzeugt, dass mein kleiner spontaner – und eigentlich vollkommen unabsichtlich herausgeflutschter – Schwindel meinen Vater mächtig zum Nachdenken gebracht hat.

Zu meiner Überraschung fährt Pops direkt über den Strand (wofür man eine Genehmigung braucht) bis zur Pension. Er stellt den Motor ab und schickt mich los, Anna zu holen.

»Wozu?«, frage ich, bekomme allerdings keine Antwort.

»Mach einfach, Emely«, sagt er weder besonders freundlich, noch besonders unfreundlich. »Wir fahren jetzt etwas essen.«

»Wieso gehen wir nicht einfach in die *Krabbenkiste*?«, erwidere ich. »Außerdem ist es noch nicht mal zwölf.«

Pops sieht mich ernst an. Bis ich mich in Bewegung setze.

»Ich warte höchstens zehn Minuten!«, ruft er mir nach.

Als ich wenig später unser Zimmer betrete, ist Anna glücklicherweise schon angezogen.

»Stell dir vor, meine Flipflops sind weg«, erzählt sie aufgeregt. »Ich glaube, wir müssen jetzt doch mal mit Frau Reffzen über diese Sache reden.«

»Das machen wir nachher … Okay?«, sage ich. »Jetzt möchte ich erst mal wissen, was mein Vater heute mit uns vorhat.«

Ratzfatz schlüpft Anna in ihre zitronencremegelben Retrosandalen. Wir packen unsere Wertsachen in ihren Rucksack, schließen die Zimmertür ab und hasten zum Ausgang.

Pops lehnt am Autoheck. Er hat die Beine übereinandergeschlagen und hält eine glühende Zigarette in der Hand.

»Seit wann rauchst du denn?«, frage ich halb verwundert, halb empört.

»Seit einer Weile«, erwidert er knapp, lässt die Zigarette in den Sand fallen und drückt sie mit der Schuhspitze aus. Danach hebt er sie auf und steckt sie in eine Plastiktüte.

»Das wird Moms aber gar nicht gefallen«, brumme ich und

lasse mich neben Anna, die bereits eingestiegen ist, auf der Rückbank nieder.

Ich schnalle mich an und warte darauf, dass Pops sich irgendwie rechtfertigt oder wenigstens erklärt, wieso er in seinem Alter noch mit dieser blöden Qualmerei angefangen hat. Aber von ihm kommt kein Wort zu nix. Weder zu den Glimmstängeln noch zu Moms oder zu sonst irgendwas.

Nach einer halbstündigen Autofahrt erreichen wir einen größeren Ort. Wir fahren durch eine Wohnsiedlung an einer Kirche vorbei und schließlich eine Geschäftsstraße entlang.

»Wollten wir nicht was essen?«, frage ich, weil ich das Schweigen nicht mehr aushalte.

Allmählich beschleicht mich das Gefühl, dass mein Vater mich für irgendetwas bestrafen will. Vielleicht hat Anna ja recht, und meine Bemerkung wegen Moms' angeblichem Freund war doch nicht so gut.

»Noch ein paar Minuten Geduld, die Damen«, antwortet Pops. »Wir sind gleich da.«

Er setzt den Blinker, biegt rechts in ein Gewerbegebiet ein und steuert den Wagen durch eine lang gestreckte Kurve. Hinter den einschlägigen Discountern, einem Baumarkt, einer Tankstelle und einem Möbelhaus kommt ein McDoof zum Vorschein. Pops macht sich nicht mal die Mühe, auf den Parkplatz zu fahren, sondern stoppt gleich neben der Einfahrt. Er hält mir einen Zwanzig-Euroschein unter die Nase und meint: »Das sollte reichen. Direkt dahinter gibt es auch noch ein Pizza-Hut, falls euch das lieber ist. Ich hole euch dann so gegen sechs wieder ab.«

Verdattert starre ich ihn an.

»Aber wir brauchen doch keine drei Stunden, um einen Burger zu essen«, stoße ich aus.

»Keine Diskussion«, erwidert Pops ungerührt. »Raus mit euch!«

»Pfff«, mache ich. Was bist du denn für ein Rabenvater! – Zum Glück sage ich das nicht, sondern denke es nur. Ich glaube nämlich nicht, dass es zur Verbesserung unserer Situation beigetragen hätte. Ohnehin hat Anna bereits die Tür geöffnet.

»Na los, Emely«, fordert sie mich auf. »Wir werden die Zeit schon irgendwie rumkriegen.«

»Das glaube ich auch«, sagt Pops und es klingt keinesfalls unfreundlich. »Ich hoffe, du hast deine Leica dabei.«

»In Annas Rucksack«, gebe ich kurz angebunden zurück.

Ich wüsste nämlich echt nicht, wozu ich die hier brauchen sollte!

Nachdem meine Freundin und ich ausgestiegen sind, wendet Pops den Wagen und fährt zurück. Ich sehe ihm hinterher, bis er in der Kurve verschwunden ist.

»Gemeinheit«, brumme ich, da platzt es plötzlich aus Anna heraus.

»Was macht *der* Typ denn hier?«

Ich wirbele herum und werde auf der Stelle unsichtbar (zumindest in meiner Vorstellung), denn unmittelbar neben der Eingangstür zum McDoof entdecke ich Phineas, der sich in diesem Moment in Bewegung setzt und winkend auf uns zugelaufen kommt.

»Hallo, Prinzessin! Da seid ihr ja endlich!«

Ich spüre geradezu, wie Annas Blick mich durchbohrt.

»Sag bloß, du kennst ihn?«

»Ja, tu ich«, brumme ich.

»Aber wieso hast du mir das …?«

»Er heißt Phineas und ist der Sohn von Tanja Reffzen«, unterbreche ich sie. »Ich habe ihn letzten Herbst kennengelernt und er ist mir so dermaßen auf den Senkel gegangen, dass …«

»Du mir übrigens auch«, fällt jetzt Phin mir ins Wort. »Trotzdem habe ich mich sehr gern um deine Katze gekümmert.«

»Tja, und mehr musst du eigentlich gar nicht über ihn wissen«, setze ich an Anna gewandt hinzu.

»Warum lässt du sie das nicht einfach selbst entscheiden?«, erwidert Phineas, nimmt sie bei der Hand und zieht sie hinter sich her, am McDoof vorbei auf eine kleine Pizzeria zu.

Von wegen Pizza-Hut, denke ich und eile den beiden hinterher. Pops kennt mich wirklich gut. Er hat gewusst, dass ich mich nie und nimmer freiwillig auf ein Treffen mit Phin eingelassen hätte. Wenn er jetzt allerdings denkt, dass er mir so seine neue Flamme schmackhaft machen kann, ist er ziemlich schief gewickelt. Außerdem ist mir noch immer völlig schleierhaft, wozu ich meine Kamera brauchen soll. Selbst wenn ich diesen Nachmittag mit Phin überleben sollte – als Fotomotiv taugt er deshalb noch lange nicht!

Die Pizzeria ist so winzig, dass nur wenige Leute darin Platz haben und die paar, die dort sind und ihre Pizza nicht zu Hause essen wollen, müssen sich noch dazu mit einem Stehtisch begnügen.

Ohne sich danach zu erkundigen, was wir möchten, bestellt Phin dreimal Margherita, lässt die Pizzen in Tortendreiecke zerteilen und in Kartons verpacken, und bugsiert uns anschließend sofort wieder hinaus.

»Glaubt mir, es ist die beste auf der ganzen Welt«, sagt er nur und stiefelt mit den Pizzakartons voran über eine Straße.

Nach wenigen Schritten erreichen wir einen schmalen gewundenen Weg, der auf die Hinterseite eines flachen grauen Gebäudes zuführt.

Anna und ich sehen uns schulterzuckend an. Wir haben beide kapiert, dass es keinen Sinn hat, Phineas mit Fragen zu bombardieren. Vermutlich würde er uns sowieso keine Antwort geben. Und so folgen wir ihm weiter um das Gebäude herum und durch eine schmale Holztür, die er hinter uns sorgfältig abschließt.

»Ah, eine Entführung«, frotzele ich. »Und mein Vater hat mitgemacht.«

»Manchmal kannst du echt witzig sein«, meint Phineas und grinst mich an, doch schon einen Lidschlag später verfinstert sich seine Miene wieder. »Aber eben leider nur manchmal.«

Wir steigen eine Steintreppe hinauf, die in einen Deich eingelassen ist, und im nächsten Moment haben wir freie Sicht auf das Hinterland und die Nordsee. Salzwiesen und Watt wechseln einander ab. Dazwischen gibt es mehr oder weniger breite Gräben, in die das Wasser hineinläuft und die Wiesen überflutet.

Jetzt erst kann man erkennen, dass das Gebäude ein wenig schräg in die Landschaft gebaut ist, und der Haupteingang sich von uns aus gesehen offenbar genau auf der gegenüberliegenden Seite befindet.

»Wow!«, ruft Anna. »Wo sind wir hier?«

»Auf der Seehundstation«, erwidert Phineas. Er bleibt stehen und lässt sich mitten auf dem Deich ins Gras sinken. »Jetzt wird aber erst mal gegessen«, meint er und reicht uns jeweils einen Pizzakarton.

Die Margherita schmeckt wirklich vorzüglich. Jede Art von Belag hätte da nur gestört. Während Anna bei jedem Bissen genüsslich seufzend die Augen verdreht, verkneife ich mir allerdings jede Art von Lobesbekundung. Denn Phin hält sich ja auch so schon für den tollsten Kerl unter der Sonne.

»Puh«, juchzt Anna, nachdem sie das letzte Stück verdrückt hat, und reibt sich den Bauch. »Am liebsten würde ich noch eine Weile hier sitzen bleiben und einfach nur schauen.«

»Kein Thema«, meint Phineas. »Das hier ist übrigens auch *mein* Lieblingsplatz.«

Ich tue so, als hätte ich seine Bemerkung nicht gehört, krame meine Leica aus Annas Rucksack, rappele mich auf und fange an zu fotografieren. Langsam spaziere ich auf dem Deichkamm hin und her und knipse … knipse … knipse. Obwohl die Landschaft hier total gleichförmig wirkt, ist sie nur auf den ersten Blick langweilig. Mit jedem Schritt ändert sich der Blickwinkel, verschieben sich Salzwiesen und die Priele, fällt das Licht irgendwie anders.

Plötzlich, als ich den Finger gerade mal wieder auf dem Auslöser habe, schiebt sich Phineas ins Bild und schneidet eine Fratze. – Klick!

»Blödmann!«, schnaube ich, nehme die Kamera herunter und strecke ihm die Zunge heraus.

»Kannst mich ja löschen«, entgegnet er und lächelt verschmitzt.

Ich schaue versehentlich genau in seine Schokoaugen. Mein Herz macht einen idiotischen Hopser und für eine Blitzsekunde wird mir ein wenig schwummerig in der Brust.

Verlass dich drauf, will ich eigentlich sagen, aber da hat Phin sich bereits weggedreht. Wieder schnappt er sich Annas Hand und zieht sie mit sich fort.

»Na, komm schon, Emely!«, ruft sie über die Schulter und hüpft leise kichernd neben Phineas her.

Es geht ein Stück bergab, bis wir auf einen Pflasterpfad stoßen, der an der Gebäudewand entlangläuft. Durch eine riesige Glasscheibe können wir direkt in ein Wasserbecken gucken, in dem sich fünf Seehunde tummeln.

»Die haben es bald geschafft«, erzählt Phineas. »Nächste oder übernächste Woche werden sie ausgewildert.« Er führt uns auf eine Holzbrücke, unter der sich ein Schleusentor befindet. Es ist in einen breiten Priel eingelassen und sorgt dafür, dass die Station bei Hochwasser nicht überflutet wird. »Die meisten Tiere können wir von hier aus mit dem Boot zu einer der nächstgelegenen Seehundbänke bringen. Nur Robben, die aus weiter entfernt lebenden Kolonien stammen, werden in einem Spezialtransporter zum Hafen gebracht und von dort aus in ihr Ursprungsgebiet gefahren.«

»Das ist aber ganz schön anstrengend, wenn ihr von hier aus bis aufs Meer raus rudern müsst«, sage ich.

»Müssen wir ja nicht«, erwidert Phin. »Normalerweise wird

das Boot mit einem Außenbordmotor betrieben. Die Ruder benutzen wir nur in sehr flachem Wasser und um kranke, verirrte oder verletzte Tiere nicht zu verängstigen.«

»Was heißt denn ›wir‹?«, fragt Anna. »Machst du hier eine Ausbildung? Zum Tierpfleger oder so?«

»Sehe ich etwa schon so alt aus?«, gibt Phineas lachend zurück. »Nee, mein Vater arbeitet hier, und ich unterstütze ihn und sein Team manchmal in den Ferien. So wie andere ehrenamtliche Helfer auch.«

»Ehrenamtlich?«, murmelt Anna. »Das heißt doch, sie arbeiten hier, ohne Geld dafür zu bekommen, oder?«

»Genau.« Phineas nickt eifrig. »Wir tun das für die Tiere. So etwas muss man sich nicht immer bezahlen lassen. Es ist doch ein richtig tolles Gefühl, wenn man helfen kann. Und Spaß bringt es obendrein.«

»Da sagst du was«, murmele ich. Ha! – Wäre das nicht die perfekte Idee für unsere Tierheim-Aktion? Helfen, weil es glücklich macht!

Oh Yeah! Darüber muss ich später unbedingt mit Anna reden.

Die Zeit in der Seehundstation vergeht wie im Flug. Phineas führt uns überall herum, stellt uns seinem Vater und den anderen Mitarbeitern vor und beantwortet geduldig alle unsere Fragen. Das heißt, eigentlich ist es hauptsächlich Anna, die ständig etwas wissen will und ihn jedes Mal fast schon ein wenig übertrieben anlächelt, wenn er ihr etwas erklärt.

Am süßesten sind natürlich die kleinen Heuler mit ihren riesigen dunklen Knopfaugen (so nennt man Robbenbabys, die ihre Mutter verloren haben und die dann allein auf einer Sandbank oder im Watt liegen und kläglich nach ihnen rufen).

Mareike, eine der drei Tierpflegerinnen, steigt zu ihnen ins Becken und stopft ihnen ganze Heringe in den Schlund. Das sieht ziemlich brutal aus, muss aber sein, weil die Kleinen sonst verhungern würden. Freiwillig fressen sie nämlich erst, wenn sie etwas größer sind.

»Seht ihr die Kleine da hinten?«, sagt Phin und deutet auf einen winzigen Seehund, der ein wenig abseits am Beckenrand liegt. »Das ist die Robbe, die ihr gestern in der Nähe der Pension entdeckt habt.«

»Echt?«, rutscht es mir heraus. »Ich hatte sie viel größer in Erinnerung.«

»Na ja, eigentlich haben wir sie gar nicht genau gesehen«, meint Anna. »Ist es denn sicher, dass sie ein Mädchen ist?«

»Genauso sicher wie bei dir«, gibt Phineas augenzwinkernd zurück. »Bei Emely allerdings …«

Unsere Blicke treffen sich.

Ein fieses Brennen breitet sich in meiner Brust aus und mit einem Mal ist mein Hals ganz eng. Wie gerne würde ich jetzt etwas Passendes erwidern, aber mir fällt partout nichts ein. Und selbst wenn, würde es mir wahrscheinlich sowieso nicht über die Lippen kommen. Hastig drehe ich mich um und laufe los. – Bloß raus hier, Luft schnappen und dieses Blödgesicht so sehr hassen, wie es nur irgend geht!

Doch kaum bin ich durch die Tür geschlüpft, spüre ich eine warme Hand, die sich sanft auf meine Schulter legt.

»Tut mir leid, Emely. Ich wollte das nicht sagen.«

Ich verlangsame zögernd meinen Schritt, vermeide es aber, Phineas anzusehen, der gerade zum Überholen ansetzt. Er hechtet an mir vorbei und stellt sich mir schließlich in den Weg, sodass mir gar nichts anderes übrig bleibt, als ebenfalls stehen zu bleiben. Ich fixiere die dünne dunkle Perlenkette an seinem Hals, die er im letzten Jahr schon getragen hatte.

»Und ich habe es auch nicht so gemeint«, beteuert er. »Es ist mir einfach so herausgerutscht.«

»Dann war es auch so gemeint«, sage ich trotzig zu seiner Perlenkette.

Phineas schweigt.

»Was willst du denn hören, Emely?«, platzt es unvermittelt aus ihm heraus. »Dass ich dich toll finde … und superwitzig? Und dass du ein total süßes Mädchen bist? *Mädchen* jawohl!«, bekräftigt er. »Aber das ist verdammt noch mal gar nicht so einfach, wenn du immer wie ein Stinkstiefel durch die Gegend rennst!«

Womms!, knallen mir seine Worte gegen die Brust.

Und splash!, setzt sich die Bewässerungsanlage meiner Augen in Gang.

Bestürzt sieht Phineas mich an.

»Ich bin ein Idiot«, murmelt er. »Ein Vollpfosten. Und deshalb habe ich es auch nicht besser verdient.«

Weiter über sich selbst schimpfend, zerrt er ein ziemlich zerknuddeltes Tempo aus seiner Hosentasche und hält es mir entgegen.

»Verzeih mir einfach nicht«, krächzt er.

»Okay«, presse ich hervor, nehme das Papiertaschentuch und warte, bis er in den Baby-Robben-Raum zurückgegangen ist. Dann stopfe ich das Tempo in meine Hosentasche, wische mir mit dem Handballen über die Augen und atme ein paarmal tief ein und aus.

»Du bist nicht nur ein Stinkstiefel, Em«, murmele ich, »sondern auch eine Heulsuse.«

Aber damit würde jetzt endlich Schluss sein!

Die letzten zwanzig Minuten verbringen wir damit, den fünf Seehunden, die kurz vor der Auswilderung stehen, Heringe zuzuwerfen, was unglaublich viel Spaß macht, weil die Tiere auf ihre Namen hören und sofort herbeigerobbt kommen, wenn man sie ruft.

»Wir brauchen übrigens noch einen Paten für unseren kleinen Neuankömmling«, meint Phineas' Vater, von dem Anna und ich nun wissen, dass er gestern in dem Boot war und das Robbenbaby zusammen mit seiner Kollegin Saskia eingeladen hatte.

Anna und ich sind natürlich sofort Feuer und Flamme.

»Was muss man denn dafür tun?«, frage ich.

»Ihr einen Namen geben und einen kleinen Betrag für ihre Unterhaltskosten spenden«, erwidert Phins Vater. »Möglicherweise sind eure Eltern ja dazu bereit.«

»Och …« Anna und ich sehen zuerst uns und dann Herrn Reffzen an. »Ich glaube, das können wir vielleicht sogar selbst bezahlen.«

Als wir ihm von unserem DIY-Blog und dem Mützenkonto für Tiere in Not erzählen, kriegt er sich gar nicht mehr ein vor Begeisterung.

»Euer Engagement ist wirklich toll«, meint er lächelnd.

»Absolut vorbildlich.« Er nickt uns nacheinander zu. »Jetzt müsst ihr euch nur noch auf einen Namen einigen.«

»Ist doch ganz einfach«, erwidert meine Freundin. »Wir nennen die Robbe A … E … Am … Em …«

»Wie wär's mit Amelie?«, schlage ich vor. »Das klingt ein bisschen nach uns beiden.«

»Ein hübscher Name«, finden sowohl Mareike als auch Herr Reffzen.

Nur Phin hält sich zurück. Um genau zu sein: Er gibt keinen einzigen Ton mehr von sich. Von seinem Vater verabschiedet er sich nur einsilbig und trottet dann schweigend neben uns her zum Auto.

Auch auf der Heimfahrt ist er total still und antwortet nur, wenn Pops eine Frage an ihn richtet. Er scheint also wirklich sehr mit sich zu hadern, und nun tut er mir fast schon ein bisschen leid.

Dieses Gefühl verflüchtigt sich jedoch ratzfatz, als wir die Pension erreichen und von seiner Mutter in Empfang genommen werden.

»Ich habe eine Überraschung für dich, Emely«, sagt sie. »Im Baumhauszimmer. Es hat die Nummer 4.«

Fragend sehe ich sie an, aber sie lächelt nur und hat sich offenbar fest vorgenommen, mir unter keinen Umständen etwas zu verraten.

»Kann Anna mitkommen?«, frage ich.

»Können könnte sie das sicher«, gibt Tanja Reffzen (oder muss ich jetzt etwa »Pops' Freundin« sagen?) zurück. »Ich glaube allerdings, es wäre netter, wenn du erst mal alleine gehst.«

Erst mal? Wieso denn erst mal?, will ich schon fragen und darauf bestehen, dass meine Freundin mich begleitet, doch noch ehe ich etwas sagen kann, hat Anna bereits abgewunken.

»Geh ruhig«, ermuntert sie mich. »Ich ruf jetzt endlich meine Eltern an. Das habe ich gestern bei der ganzen Aufregung nämlich total vergessen.«

Das stimmt! Und weil ich dagegen wohl kaum etwas einwenden kann, trabe ich nach einem kurzen Zögern mit klopfendem Herzen alleine los. Wer oder was erwartet mich wohl in diesem Baumhauszimmer? Vielleicht eine Spielgefährtin für Missie H.? Nein, nein, nein, verwerfe ich diesen Gedanken sogleich wieder. Ein ganzes Pensionszimmer allein für eine Katze, noch dazu mitten in der Sommersaison, wäre wohl eine ziemliche Verschwendung. Ansonsten würde ein Baumhaus natürlich sensationell gut zu einem Jungen passen … OMG!!!

Tief in meinem Inneren weiß ich, dass es gar nicht sein kann. Schließlich habe ich gestern erst mit Jona telefoniert, und er hätte mir bestimmt nicht unsere Freundschaft aufgekündigt, um direkt am nächsten Tag hier aufzukreuzen und mir zu verklickern, dass alles nur ein Scherz gewesen ist. Und wenn er es bereits bereut hat?, schießt es mir durch den Kopf. – Kann er trotzdem nicht jetzt schon hier in diesem Zimmer sein, du Dummi, versuche ich mich auf dem Boden der Realität festzunageln.

Dennoch klopft mein Herz wie verrückt, als ich vor der Tür mit der Nummer vier stehe. Meine gesunde linke Hand zittert so sehr, dass mir fast die Kraft zum Anklopfen fehlt, und mehr als ein jämmerlich leises Tock-Tock kriege ich auch nicht zustande. Ich will gerade einen zweiten Versuch starten, als die Klinke sich plötzlich herunterbewegt und die Tür langsam aufschwingt.

Ich registriere eine Waldtapete, grüne Vorhänge und eine riesige Topfpflanze – beim nächsten Atemzug schießt mir plötzlich etwas kleines graues Pelziges zwischen die Beine, und dann steht er bereits in voller Lebensgröße und von einem Ohr zum anderen grinsend vor mir: mein Bruder Teo!

»Was machst du denn hier?«, stoßen wir gleichzeitig hervor.

»Ts«, sage ich dann und tippe mir an die Stirn. »Du weißt doch, dass ich zu Pops gefahren bin, aber du …«

»Ich dachte, du bist Anna«, fährt Teo dazwischen.

Er springt an mir vorbei, fischt seinen Hulk vom Boden auf und klemmt ihn sich unter den Arm. Das breite Grinsen in seinem Gesicht ist einem Ausdruck tiefer Enttäuschung gewichen.

»Seh ich so aus?«, blaffe ich.

»Nee, leider nicht.«

»Was heißt denn hier leider?«, schnarre ich meinen Bruder an. »Anna ist schließlich meine Freundin.«

»Und meine«, gibt Teo knurrend zurück.

»Ts. Das wüsste ich aber!«

»Dann hat sie es dir also nicht gesagt?«

»Was?«, hauche ich und jetzt wummert mein Herz so fest, dass ich kaum noch sprechen kann.

»Ach nix.« Teo winkt ab und verdreht die Augen. Und Hulk maunzt empört und strampelt mit den Beinen, weil er heruntergelassen werden will. »Jedenfalls habe ich Pops' Freundin ganz bestimmt nicht gebeten, dich hierherzuschicken.«

Also … Da hört sich ja wohl alles auf! Nicht nur, dass Teo sich mir gegenüber wieder einmal total unverschämt verhält, jetzt versucht er auch noch, mir hinter meinem Rücken Anna auszuspannen! Darüber werde ich mich allerdings ganz bestimmt nicht mit ihm unterhalten.

»Pops' Freundin?!«, keuche ich stattdessen.

»Das ist sie doch, diese Pensionswirtin, stimmt's?«, erwidert Teo schulterzuckend.

»Schon möglich«, brumme ich. »So direkt hat Pops sie mir nicht als Freundin vorgestellt.«

»Das sieht ihm ähnlich«, erwidert mein Bruder. »Aber du hast doch Augen im Kopf, oder nicht?«

Diese Frage ist so dämlich, dass ich mir die Antwort darauf spare.

»Und ein Gehirn zum Denken«, fügt Teo hinzu. »Oder wofür benutzt du es sonst?«

Während ich besagtes Organ nach einer schlauen oder zumindest witzigen Bemerkung durchforste, setzt mein Bruder Kater Hulk auf den Boden, verpasst ihm einen Stupser ins Zimmer zurück und zieht dann hastig die Tür zu.

»Was hast du denn jetzt vor?«

»Na, Anna begrüßen«, sagt Teo. »Oder meinst du, dass ich die nächsten drei Wochen in meinem Baumhaus-Bett verbringen will?«

»Nee, aber …«, stammele ich.

Noch einmal zu erwähnen, dass Anna meine Freundin ist, macht wohl wenig Sinn.

»Sie telefoniert gerade«, platzt es aus mir heraus. »Mit ihrer Mutter!«

»Tja …« Teo zuckt lässig die Achseln. »Dann warte ich eben so lange, bis sie fertig ist«, erwidert er und sticht mit seinem Zeigefinger auf mich ein. »Apropos Mutter: Ich soll dir von Moms ausrichten, dass du sie bitte anrufst. Und zwar möglichst sofort.«

Ich starre meinem Bruder wie belämmert hinterher, bis er um die Ecke verschwunden ist. Schließlich meldet sich mein Gehirn zu Wort.

»Worauf wartest du noch, Em? Lauf ihm hinterher!«

»Und dann?«, murmele ich.

»Schlag ihn k. o.«

»Sinnlos«, brumme ich. »Früher oder später wird er wieder zu sich kommen …«

Außerdem kann ich es mir nicht leisten, mir die andere Hand auch noch zu ramponieren. Und der Schädel meines Bruders ist garantiert ziemlich hart.

»Was soll ich denn tun, wenn Anna ihn wirklich mag?«, murmele ich.

»Aber du kannst es doch nicht einfach hinnehmen!«, erwidert mein Gehirn erbost.

Ich kontere mit einem Bild von Jona in meinem Herzen.

»Ich will Anna nicht auch noch verlieren«, krächze ich. »Verstehst du das nicht?«

»Doch«, grummelt mein Gehirn und beschließt, Teo und Anna ihre Begrüßungszeit zu gönnen (außerdem will ich nicht zuschauen, wenn sie sich in die Arme fliegen) und wirklich erst einmal Moms in aller Ruhe von unserem Zimmer aus anzurufen.

Was sie wohl so Dringendes mit mir zu besprechen hat?, überlege ich auf meinem Weg dorthin.

Ich drücke die Zimmertür hinter mir zu, lasse mich auf Annas Bett sinken und tippe die Nummer vom *Dress 'n Veggies* in mein Smartphone.

Moms meldet sich gleich nach dem ersten Tuten. – Als hätte sie ihr Telefon bewacht!

»Hallo, Emely«, begrüßt sie mich, und so wie sie es sagt, klingt es leider gar nicht gut.

»Was ist passiert?«, frage ich erschrocken.

»Nichts weiter«, erwidert sie kühl. »Diesmal geht es zur Abwechslung um dich.«

»Äh …«, beginne ich, aber Moms lässt mich nicht zu Wort kommen. »Wie ich von deinem Vater gehört habe, wurde dein Verband inzwischen gewechselt. Deinem Daumen scheint es ebenfalls etwas besser zu gehen und eine neue Brille wirst du demnächst auch bekommen. Was mich allerdings ein wenig erstaunt, Emely …«, fährt sie ohne Punkt und Komma und ein einziges Mal Luft zu holen, fort, »ist, dass du ihm gegenüber behauptet hast, ich hätte einen neuen Lebenspartner.«

»Äh …«, versuche ich es erneut, komme diesmal aber selber nicht weiter, weil mir so schnell nicht einfällt, wie ich es meiner Mutter erklären soll.

Missie H., die sich auf meinem Kopfkissen zusammengeringelt hat, gähnt nun und rekelt sich ausgiebig. Sie hopst von meinem Bett herunter, kommt maunzend auf mich zugelaufen und landet mit einem Satz auf meinem Schoß.

»Ich nehme an, du denkst, dass ich und Robert …«, fährt meine Mutter unterdessen zögernd fort.

»Ähm, ja …«

»Dann sage ich dir jetzt, dass er nicht mein Freund, sondern mein zukünftiger Geschäftspartner ist«, eröffnet sie mir. »Das *Dress' n Veggies* wächst mir nämlich allmählich ein wenig über den Kopf. Außerdem gefällt es mir nicht, dass ich für dich und Teo immer weniger Zeit habe. Eine Weile hatte ich ja gehofft, dass deine Großmutter einsteigen würde, aber die spielt inzwischen mit dem Gedanken, zu ihrer neuen Freundin nach Föhr zu ziehen und dort im Gastronomiegewerbe mitzumischen.«

»Was?«, keuche ich. »Aber …?«

»Ich glaube, sie versucht sogar, deinen Großvater zu überreden, dass er mitkommt.«

»U-und was ist mit seinem Schrebergarten?«, halte ich dagegen.

Meine Mutter seufzt leise. »Auf einer Insel wie Föhr könnte er einen richtigen Garten bewirtschaften. Mit Obstbäumen, Gemüsebeeten und …«

»Dann hattet ihr also deswegen Zoff!«, platze ich dazwischen.

»Wie kommst du denn darauf?«, fragt Moms.

»Anna hat versehentlich gehört, dass Oma und du euch gestritten habt.«

»Oh«, sagt Moms zerknirscht. »Das tut mir leid. Da bin ich wohl etwas laut geworden. Es lag natürlich nicht in meiner Absicht, deine Freundin mit unseren Sorgen zu belasten. Ich hoffe, sie hat sich keine allzu großen Gedanken gemacht.«

»Anna nicht«, erwidere ich, während ich meine wild schnurrende Katze unter dem Kinn kraule. »Aber ich.«

»Ach, Schätzchen ...«, seufzt Moms. »Das musst du doch nicht! Weißt du, Robert ist nicht vom Fach. Er hat Psychologie studiert und nach zwei, drei Jahren im Beruf festgestellt, dass dieser Job nichts für ihn ist. Allerdings hat er gerne mit Menschen zu tun, und da er freundlich, hilfsbereit und sehr klug ist, denke ich, dass er genau der Richtige sein könnte.«

»Und Oma Berlin ist wohl anderer Meinung, stimmt's?«

Moms seufzt noch einmal. »Ja, das ist sie. Aber sei beruhigt, wir haben es inzwischen geklärt.«

»Gut«, sage ich.

»Und noch etwas, Schätzchen ...«, spricht meine Mutter zögernd weiter. »Sollte ich irgendwann einmal jemanden kennenlernen, werde ich es euch sagen, sobald ich sicher bin, dass er in unserer Familie eine Rolle spielen wird. ... Okay?«

»Okay«, krächze ich mit einem fetten Kloß im Hals. »Es tut mir leid, Moms. Ich wollte das nicht. Es ist mir einfach so herausgerutscht.«

»Schon gut«, erwidert meine Mutter sanft. »Und jetzt sieh zu, dass du Spaß hast!«

»Den habe ich bestimmt«, sage ich erleichtert. »Danke, Moms.«

»Und melde dich ab und zu, ja?«

»Mach ich«, verspreche ich. »Bis bald! Tschüs, Momsi ... tschühüs!«

Ich drücke einen Kuss aufs Display und kappe die Verbindung.

Auf einmal fühle ich mich leicht wie eine Feder.

Ich schiebe Missie H. von meinem Schoß herunter und springe auf.

Meine Katze verfolgt mich mit wildem Blick. Plötzlich duckt sie sich, rast kreuz und quer über Annas Bett, zerwühlt die Zudecke und verschwindet schließlich unterm Kopfkissen.

»Hallo!«, rufe ich kichernd. »Was ist denn in dich gefahren, du alberne Nuss?« Ich tippe auf die Wölbung unter dem Kissen und sage: »Na los, komm wieder raus!«

Zunächst rührt Missie H. sich nicht. Und als sich das Kopfkissen kurz darauf doch wieder bewegt, kommt nicht sie darunter zum Vorschein, sondern ein mit bunten Schmetterlingen bedrucktes Notizbuch.

Es rutscht über die Bettkante und fällt zu Boden.

Ich erinnere mich noch sehr genau daran, wie ich vor einigen Monaten in Jonas Zimmer stand und drauf und dran war, in seinem Tagebuch zu lesen. Natürlich weiß ich nur allzu gut, dass das, was ich hier gerade im Begriff bin zu tun, eigentlich ein absolutes No-Go ist, aber ich kann einfach nicht anders:

Ich schnappe mir Annas Büchlein und schlage es auf.

Noch ein Überraschungsgast

Als ich nach einer kleinen Ewigkeit wieder ins Hier und Jetzt zurückkomme, hängt die Sonne als glühend roter Ball über dem Horizont. Die Hälfte unseres Zimmers ist in ein warmes orangerosafarbenes Licht getaucht.

Ich wünsche mir so sehr, dass Emely und Teo endlich miteinander auskommen. Ich hab ihn nämlich echt gern, aber ich fürchte, dass Emely das niemals verstehen wird und ich sie am Ende vielleicht auch noch verliere. Ohnehin ist ihr Jona wichtiger als ich. Wenn Birke nicht wäre … Ach, darüber will ich gar nicht nachdenken. Irgendwie bin ich froh, dass es sie gibt, obwohl das gemein ist. Denn ich merke ja, wie sehr Em darunter leidet, dass Jona sich schon ewig nicht mehr mit ihr getroffen hat.

Liebes Tagebuch, was soll ich bloß tun?

Das sind Annas letzte Sätze.

Sie enden irgendwo im hinteren Drittel des Notizbuches. Geschrieben hat sie sie vor zwei Tagen – ich vermute mal irgendwann mitten in der Nacht oder in den frühen Morgenstunden … vielleicht auch, als ich unter der Dusche stand.

Ich habe nicht alles gelesen, aber das meiste, und ich weiß

jetzt, dass Anna, anders als ich bisher dachte, gar nicht so sehr darunter leidet, dass sie kein eigenes Zimmer hat, sondern dass sie diejenige ist, die zwischen ihren Schwestern hin und herwechseln muss.

Darüber hinaus weiß ich noch eine ganze Menge mehr, und wenn ich nicht gerade erst beschlossen hätte, keine Heulsuse mehr zu sein, würde ich mir jetzt die Seele aus dem Leib flennen.

Missie H., deren Köpfchen auf meinem Oberschenkel ruht, leckt mir tröstend über die Finger. Ich streichele ihr weiches Fell und betrachte nachdenklich das Schmetterlingsbüchlein.

»Ach, Mensch, Anna«, murmele ich. »Das mit Teo verstehe ich zwar nicht, aber deshalb geht unsere Freundschaft doch nicht kaputt. Außerdem habe ich Jona überhaupt nicht lieber als dich!«, setze ich energisch hinzu.

Ich weiß ja nicht mal, ob ich ihn überhaupt noch mag. Oder ob *er mich* jemals wirklich mochte! Wenn er mich so einfach sausen lassen kann! Noch dazu für ein Mädchen, das eine echte Oberzicke ist und nichts, aber auch kein Wort mit mir gemeinsam hat! Dazu hat Anna allerdings kein Wort geschrieben. Tja, wahrscheinlich ist ihr das nicht wichtig genug. Oder sie ist sogar ein klitzekleines bisschen froh darüber und traut sich das nur nicht auszusprechen!

Schluss jetzt!, Em, ermahne ich mich. Was steckst du deine Nase auch in Dinge, die dich eigentlich nicht die Bohne angehen!

Hastig klappe ich das Tagebuch zu und schiebe es an seinen Platz unter Annas Kopfkissen zurück. Ich setze Missie

H. auf den Boden, schlüpfe ins Bad und hocke mich auf die Toilette.

Eigentlich muss ich nicht pinkeln. Aber seit meinem Missgeschick vor einem Dreivierteljahr, als ich komplett angezogen in eine Kloschüssel geplumpst und beim anschließenden Warten auf eine trockene Hose zu bahnbrechenden Erkenntnissen gelangt bin, kann ich auf dem stillen Örtchen besonders gut nachdenken.

Tja, liebes Tagebuch, was soll ich jetzt tun? Ich kann Anna ja schlecht erzählen, dass ich in dir gelesen habe … Und was Teo angeht, kann ich ebenfalls nicht plötzlich so tun, als ob er der beste Bruder der Welt ist.

»Du könntest das Kriegsbeil begraben«, schlägt mein Gehirn vor.

»Vergiss es!«, antworte ich empört. »Und überhaupt: Was fällt dir ein, so mir nichts, dir nichts die Seite zu wechseln! Vorhin wolltest du noch, dass ich ihn k. o. haue.«

»Na jaaa …«, sagt mein Gehirn.

»Ich weiß schon«, murmele ich. »Anna würde es mir vermutlich ziemlich übel nehmen.«

»Du könntest das Kriegsbeil ja auch erst mal nur zur Seite legen«, erwidert mein Gehirn. »Weit genug weg, damit es dir nicht immer gleich ins Auge fällt, aber nah genug, dass du jederzeit zugreifen kannst.«

Hm … das wäre eine Möglichkeit.

Notfalls hätte ich mich ja sogar mit Birke angefreundet. Da wäre es doch wohl gelacht …

Plötzlich ertönt nebenan ein Poltern.

»Anna!«, rufe ich, ziehe mir blitzschnell die Hose hoch und

stürze ins Zimmer hinüber. »Da bist du ja endlich! Wo warst du de…?«

Die letzten Silben bleiben mir im Hals stecken, denn hier ist niemand. Präzise ausgedrückt: nicht mehr. Denn just in dieser Sekunde knallt die Tür zu und auf dem Flur erschallt das Getrappel sich eilig entfernender Schritte.

Eine Sekunde verharre ich wie erstarrt. In der nächsten fliegt mein Blick durchs Zimmer. Von Annas Bett zu meinem und schließlich zum Nachttisch. Verdammt noch mal, mein Handy! Es ist weg!

Mit einem Riesensatz bin ich bei der Tür. Ich reiße sie auf und stürze hinaus. Im Flur ist niemand mehr zu sehen, aber die Schritte höre ich immer noch. Ich will bereits lospreschen, da fällt mir ein, dass ich die Zimmertür besser schließen sollte, damit Missie H. nicht auf Wanderschaft gehen kann. Doch zu spät! Meine Mieze ist mir bereits gefolgt, und im selben Augenblick, als ich nach ihr greifen will, rast sie weiter den Flur entlang in Richtung Eingangsbereich.

»Nein!«, brülle ich. »Haaalt! Missie H.! Bitte haltet meine Katze fest!«

Ich haste, so schnell ich kann, durch die Gänge bis zur Rezeption, und stelle entsetzt fest, dass die Tür nach draußen sperrangelweit offen steht.

Gerti und Tanja Reffzen sitzen hinter dem Tresen und blicken erstaunt auf, als ich in den Eingangsraum gestürzt komme.

»Was ist denn mit dir los, Emely?«, fragt die Pensionswirtin.

»Meine Katze ist entwischt«, jaule ich. »Haben Sie sie gesehen?«

»Nein …« Tanja Reffzen wendet sich Gerti zu. »Allerdings waren wir auch gerade in die Buchungsunterlagen vertieft.«

»Ist sonst noch jemand hier vorbeigelaufen?«, keuche ich.

»Ja, natürlich«, erwidert die Pensionswirtin. »Fast alle unsere Gäste sind draußen am Strand, um sich den Sonnenuntergang anzusehen.«

»Und gerade eben?«, hake ich nach.

Gerti zuckt mit den Schultern. »Das ist gut möglich, Emely. Wie gesagt … Frau Reffzen und ich waren …«

»Mist!«, unterbreche ich sie fluchend. »Wissen Sie denn vielleicht, wo Anna, Teo und Phineas sind? Oder Pops?«

»Ebenfalls draußen«, entgegnet Tanja Reffzen. »Das nehme ich zumindest an.«

Na super!

Ich bedanke mich kurz und schlüpfe durch die Tür ins Freie. Erst mal muss ich sicher sein, dass Missie H. nicht hinausgelaufen ist. Meine Mieze ist mir tausendmal wichtiger als mein blödes Handy, der olle Badeanzug oder meine Badematte.

Draußen auf den Treppenstufen entdecke ich sie allerdings nicht. Und da ich mir nicht vorstellen kann, dass sie in der kurzen Zeit bis zum Strand hinuntergelaufen ist (dafür sind Katzen einfach zu vorsichtig), gehe ich davon aus, dass Missie H. noch immer in der Pension herumtollt oder sich in irgendeiner Ecke verkrochen hat. Ich bitte also Gerti und Tanja Reffzen, die Augen offen und die Tür geschlossen zu halten, und drücke diese dann von außen fest zu.

Ich trete ans Geländer und lasse meinen Blick langsam über den Strand gleiten.

Die Stimmung hier draußen ist wirklich gigantisch. Ein rot glühender Himmel und darunter ein ebenso rot schillerndes Meer, und überall laufen Menschen herum, von denen die meisten jedoch nur als dunkle Schemen zu erkennen sind. Die Sonne ist bereits vollständig hinter dem Horizont abgetaucht, trotzdem ist es noch immer relativ hell.

Plötzlich reißt einer der Schemen seine Arme hoch und fängt wie verrückt an zu winken. Ich lehne mich ein Stück weiter vor und kneife die Augen zusammen, in der Hoffnung, die Person so vielleicht besser erkennen zu können, da ruft sie bereits:

»Hallooo! Eeemelyyy!«

Anna! Ja, das ist sie! Und neben ihr stehen Teo und Phineas!

Flink wie ein Wiesel laufe ich die Treppe hinunter und renne auf die drei zu.

»Jemand war in unserem Zimmer!«, rufe ich, noch ehe ich bei ihnen angekommen bin. »Er hat mein Smartphone geklaut!«

»Was?«, erwidert Anna, und eine dunkelrote Zornesröte breitet sich auf ihrem Gesicht aus. »Jetzt reicht es mir aber langsam.«

»Ja, und stell dir mal vor: Er hat es getan, während ich auf dem Klo war!«

Phineas pfeift durch die Zähne. »Das ist allerdings *ziemlich* dreist.«

Na, prima. Er kann also wieder sprechen.

»Dieser Kerl war sogar schon nachts bei uns drin, hat meine Flipflops und Emelys Lunch-Paket und wahrscheinlich auch ihren Badeanzug und unsere Handtücher und Badematten gestohlen«, knurrt Anna.

Phin mustert sie forschend. »Das ist seltsam«, meint er.

»Wieso?«, frage ich.

Er sieht mich an. Schokoladenaugenbraun. Mit dem typischen Phineas-Blitzen darin.

»Hast du mir etwa schon verziehen?«, erkundigt er sich.

»Keine Sorge. So schnell geht das nicht«, gebe ich zurück, kann mir ein klitzekleines Grinsen aber nicht verkneifen.

»Dann ist es ja gut«, erwidert Phin mit einem zufriedenen Grunzen.

Anna boxt ihn gegen die Schulter. »Jetzt sag doch mal!«, fordert sie ihn auf. »*Was* findest du seltsam?«

»Na, dass dieser Kerl offenbar nur euch beklaut«, erklärt Phin. »Bisher hat sich jedenfalls kein anderer Gast darüber beklagt, dass bei ihm etwas weggekommen ist.«

»Hm«, mache ich. »Und was schließt du daraus?«

»Dass er euch kennt, natürlich! Was denn sonst?«

Klar, du Schlaumeier, denke ich. Wirklich böse bin ich ihm für diese Bemerkung aber nicht. Phin ist eben Phin und bei genauerer Betrachtung gar nicht mal sooo übel. Zumindest nicht so, dass es sich lohnt, ihn noch weiter zu bekriegen. Außerdem scheint Anna ja einen Narren an ihm gefressen zu haben. So wie an meinem Bruder. Mannomann, da soll noch mal einer durchblicken!

Teo steht jedenfalls stumm und ziemlich belämmert in der Gegend herum. Offenbar weiß auch er nicht so recht, was er von Phineas halten soll. Vielleicht hat der ihm sogar Annas Begrüßung vermasselt. Echt blöd, dass ich so lange weg war, und daher möglicherweise entscheidende Sachen nicht mitbekommen habe. Jetzt gilt es allerdings erst mal, den Dieb dingfest zu machen. (Und Missie H. wiederzufinden!)

Plötzlich ruft Phineas wie auf Kommando »Da!« und deutet auf die Pension. »Zwischen den Stelzen ist einer.«

Er stupst Anna und mich an, duckt sich ein wenig und läuft los. Meine Freundin und ich nicken uns zu. – Hinterher!

Mit schnellen Schritten folgen wir Phin über den weichen Sand. Das leise Tappen unserer Füße wird nahezu völlig vom Rauschen des Meeres verschluckt. Innerhalb weniger Augenblicke sind wir bei den Stelzen. Zwischen ihnen schimmern noch die Wasserlachen der letzten Flut. Phineas bleibt stehen und breitet die Arme aus. Bedeutet Anna und mir, ebenfalls zu stoppen. Teo ist auch mitgerannt und postiert sich leise keuchend neben mir.

Eine Weile lauschen wir angespannt. Mein Blick huscht zwischen den einzelnen Stelzen hin und her. Und dann löst sich mit einem Mal eine Person aus deren Schatten und rast auf die Dünen zu, als wäre der Teufel höchstpersönlich hinter ihr her.

»Keine Chance«, presst Anna frustriert hervor. »Den kriegen wir nicht mehr.«

Doch da ist Phineas bereits losgeprescht. Er wird schneller und immer schneller und arbeitet sich beharrlich an den Fliehenden heran. Anna und ich flitzen ihm nach.

Nur noch ein paar Meter und der Typ wird die Dünen erreichen. Wenn er erst mal darin abgetaucht ist, hat er gewonnen.

Aber Phin gibt nicht auf. Er erwischt den Kerl am Sweater. Der reißt sich wieder los, gerät ins Stolpern, fängt sich mit einem Schlenker ab und rennt weiter. Phin macht noch drei Schritte, dann wirft er sich beherzt nach vorn, umfängt den Kerl mit beiden Armen und reißt ihn zu Boden.

Während Anna, Teo und ich uns nähern, sehe ich, dass Phineas sich aufsetzt – und dass der Typ sich überhaupt nicht wehrt.

»Der ist gar kein Kerl!«, ruft Phin uns zu. »Sondern ein Mädchen!«

Anna verringert ihr Tempo und hält sich ächzend die Seite. Auch ich habe Seitenstechen. Aber ich will es jetzt wissen. Mit letzter Kraft schleppe ich mich voran und falle schließlich neben Phineas in den Sand.

Er sitzt auf den Oberschenkeln eines Mädchens, das mir mit funkelnden Augen ins Gesicht lacht.

»Maylin«, stoße ich aus. »Ich fasse es nicht, Anna. Es ist tatsächlich May!«

»Ich lauf schon mal vor und besorg uns Getränke und was zu knabbern«, bietet Phineas sich an, als er merkt, dass Anna, Maylin und ich uns kennen. Er knufft Teo gegen die Schulter. »Na, los, worauf wartest du noch?! Du kannst mir tragen helfen.«

Die beiden Jungs grinsen sich an und schlagen ein.

»Danke«, sagt Anna. »Das ist echt supernett von euch.«

»Scheint überhaupt ein netter Typ zu sein«, meint Maylin grinsend, als Phin außer Hörweite ist. »So, wie der mich eben flachgelegt hat.«

»Ja, das ist er«, pflichte ich ihr ebenfalls grinsend bei. »Wirklich ganz, ganz reizend.«

»Em und er sind sich nicht so ganz grün«, erklärt Anna. Sie zwinkert mir zu. »Ich glaube aber, das ändert sich noch.«

Ich strecke ihr die Zunge heraus und schlinge dann Maylin meinen Arm um den Hals. »Jetzt erzähl du aber mal, was dieses ganze Theater soll, du verrücktes Huhn! Was machst du hier? Und wieso hast du uns beklaut?«

»Um euch zu foppen, natürlich«, erwidert sie freimütig.

»Suuuper Einfall, ehrlich«, meint Anna.

Sie hakt sich bei May unter, und wir machen uns ebenfalls auf den Weg zurück zur Pension.

»Seit wann bist du überhaupt hier?«, frage ich.

»Genauso lange wie ihr.« Maylin kichert leise. »Ich war sogar im selben Zug.«

»Was?«, platze ich heraus. »Heißt das etwa … als wir … ähm, telefoniert haben …?«

»… saß ich in Wahrheit zwei Waggons hinter euch«, unterbricht Maylin breit grinsend mein Gestammel.

»U-und als du mir geschrieben hast, dass deine Eltern etwas ganz besonders Cooles für dich gefunden haben, da …«

»War ich schon längst hier in der Pension!«

»Mannomann!«, stößt Anna kopfschüttelnd hervor. »Da hätten wir ja auch gleich zusammen fahren können!«

»Tja, das fand ich eigentlich auch«, entgegnet May und nun verdunkelt sich ihre Miene. »Aber leider habt ihr mich nicht gefragt, ob ich mitkommen will. Dabei dachte ich eigentlich, dass wir Freundinnen sind«, setzt sie mit wackeliger Stimme hinzu.

»Das sind wir doch auch«, betone ich und drücke Maylin kurz an mich.

Anna stößt einen tiefen Seufzer aus.

»Das war wirklich ganz schön doof von uns. Wir waren einfach viel zu sehr mit uns selbst beschäftigt.« Sie schüttelt unwillig den Kopf. »Echt blöd.«

»Ach, macht ja nix«, presst Maylin ein wenig unglücklich hervor. »Jetzt bin ich ja hier. Eigentlich schade, dass ihr mich schon erwischt habt«, fährt sie dann fort. Fast hört sie sich schon wieder wie die gute alte May an. »Als Nächstes hätte ich euch nämlich sämtliche Unterhosen gemopst.«

»Das hätten wir auch verdient gehabt«, erwidere ich kleinlaut. »Aber ganz im Ernst: Als wir im Zug miteinander telefoniert haben, haben Anna und ich schon gemerkt, dass wir uns total doof verhalten haben.«

»Genau!« Anna hebt ihre freie Hand zum Schwur. »Und wir hatten uns bereits fest vorgenommen, den Rest der Ferien lauter tolle Dinge zu dritt zu unternehmen.«

»Tja«, sagt Maylin. Ihre Mundwinkel biegen sich nun langsam nach oben und nur einen Lidschlag später strahlt sie von einem Ohr zum anderen. »Das Programm können wir dann ab sofort starten.«

Sie drückt Anna und mir ihre Ellenbogen in die Seite und wir knuffen sie zurück.

»Und jetzt raus mit der Sprache!«, fordere ich sie auf. »Wie konnte das Ganze überhaupt funktionieren? Und wer hat davon gewusst?«

»Nur deine und meine Eltern«, erwidert May und wieder verzieht sie ihren Mund zu einem breiten Grinsen. »Eigentlich wollten Mama und Papa mich zu meiner Tante nach Amerika schicken, aber …«

»Boah, coool!«, fährt Anna dazwischen. »Du hast eine Tante in Amerika? Ist ja genial!«

»Ach, i wo!« Maylin, die sich inzwischen von uns gelöst hat, und nun rückwärts vor Anna und mir herläuft, winkt ab. »Sie wohnt mitten in Nebraska, weitab von irgendeiner Stadt. Es gibt dort nichts außer Sand, ein paar Berge und Schlangen. Mein Cousin hängt den ganzen Tag vorm Fernseher, weil da sonst nichts los ist. Wahrscheinlich wäre ich vor Langeweile gestorben.«

»Was wirklich sehr schade gewesen wäre«, sage ich und strecke ihr die Zunge heraus.

May schlägt im Spaß nach mir und Anna bohrt nach: »Okay, und dann? Wie hast du deine Eltern überredet, anstatt nach Nebraska hierher an die Nordsee zu fahren?«

»Ganz einfach«, erklärt May. »Ich habe ihnen die Wahrheit gesagt.«

»Und die wäre …?«, frage ich zögernd.

»Dass ihr meine besten Freundinnen seid, nur leider vergessen habt, mich mitzunehmen«, antwortet sie rundheraus. »Und dass es ja wohl eine ultrageniale Sache wäre, wenn ich euch überraschen würde. Tja, und das fanden sowohl meine als auch deine …«, sie zeigt auf mich, »… Eltern einleuchtend. Und damit war der Plan perfekt.«

»Hmhm.« Ich nicke. »Etwas kapier ich allerdings nicht«, beginne ich und mustere May dabei aufmerksam. »Und bitte versteh das jetzt bloß nicht falsch … Aber hättest du nicht auch mit deinen Eltern in den Urlaub fahren können?«

»Nee.« Maylin bleibt mit einem Ruck stehen. Sie senkt den Kopf und drückt mit ihrer Ferse kleine Kuhlen in den Sand. »Meine Eltern sind total eingespannt. Sie haben ein Logistikunternehmen, das Sachen quer durch ganz Europa transportiert. Sie haben weder Zeit, um in die Ferien zu fahren noch sich um mich zu kümmern.«

»Ja, aber …«, stammelt Anna. »Das geht doch nicht. Man kann doch nicht einfach ein Kind bekommen und dann kei…«

»Und wie man das kann!«, fällt Maylin ihr ins Wort und deutet auf sich. »Siehst du doch an mir. Wir wohnen in einem schicken Haus und ich habe eine Nanny. Es ist für alles gesorgt. Mit ein paar Geschwistern wäre es vielleicht sogar richtig toll. Aber meine Eltern wollten nicht noch mehr Kinder bekommen. Ich war ja auch eher ein Unfall … Aber lieben tun sie mich schon«, beeilt sie sich hinzuzufügen. »Das auf jeden Fall.«

Puh! – Anna und ich tauschen einen Blick. Wenn wir das gewusst hätten!

»Guckt mal nicht so mitleidig!«, ruft May lachend. »Jetzt habe ich ja euch!«

»Stimmt«, sage ich. »Und ab sofort sind wir ein absolut untrennbares Dreiergespann. Gleich morgen nennen wir unseren Blog um in **Emelys, Mays und Annas BLOG**. Michelle, Franzi, Jane und Co. werden nach den Sommerferien die Augen aus dem Kopf fallen! Sollen wir wetten?«

»Ach, die sind mir doch egal«, meint Maylin. »Um blöde Hühner habe ich mir noch nie einen Kopf gemacht. Das ist nämlich die reinste Energieverschwendung.«

»Recht hast du!«, bestätigt Anna, hakt sich abermals bei ihr ein und zieht sie weiter.

»Apropos Blog«, sage ich und schließe zu den beiden auf. »Als wir in der Seehundstation waren, hat Phin mich auf eine Idee gebracht.«

»So, so …« Anna zwinkert mir zu.

»Was du immer gleich denkst«, schnaube ich.

»Wieso?« Anna markiert das Unschuldslamm. »Was denke ich denn?«

»Keine Ahnung«, brumme ich. »Wenn hier eine Phineas mag, dann bist das ja wohl du.«

»Stimmt«, sagt Anna. »Er ist ein wirklich netter Kerl. Aber deinen Bruder Teo mag ich sehr viel lieber.«

Ein paar Endlossekunden herrscht Stille. Ich bilde mir ein, Annas Herz klopfen zu hören, aber wahrscheinlich ist es wohl eher mein eigenes.

»Na, dann hat der Familientausch sich ja voll gelohnt!«, platzt Maylin schließlich heraus.

Sie guckt zuerst Anna an und dann mich.

»Hm«, druckse ich. »Wie man's nimmt …«

»Also, ich bin schon sehr gespannt auf deinen Bruder«, sagt May. »Ich kann mir nämlich fast nicht vorstellen, dass er wirklich so übel ist, wie du behauptest.«

»Na jaaa, du bist ja auch nicht seine Schwester«, gebe ich zu bedenken.

»Ach, was ich übrigens zum Thema Schwester noch sagen wollte …«, beginnt Anna, als plötzlich mein Handy losdudelt.

Jona!, durchzuckt es mich. – Verdammt, warum denke ich eigentlich immer gleich an ihn?!

Mit zitternden Fingern ziehe ich das Smartphone hervor. Natürlich ist es nicht Jonas vertrautes Gesicht, das mir vom Display entgegengrinst, sondern wieder einmal eine Nummer, die ich nicht kenne.

Ich stelle die Verbindung her, melde mich mit Namen und lausche. Meine Freundinnen mustern mich neugierig.

»Hier«, sage ich und reiche Anna das Handy. »Für dich.«

Anna runzelt ungläubig die Stirn. Zögernd nimmt sie das Smartphone entgegen und hält es an ihr Ohr.

»Ja … Wer ist denn da?«

Aus dem Stirnrunzeln wird ein Augenaufreißen, dem ungläubiges Gestammel und zum Schluss ein Jubelschrei folgt.

Mit einem glücklichen Honigkuchenlächeln im Gesicht gibt Anna mir das Handy zurück.

»Wer war denn das?«, bestürmt May sie.

»Meine Mutter«, antwortet Anna. »Sie versucht schon seit vorgestern, mich zu erreichen, und als ich sie vorhin zurückrufen wollte, hat Phin mir dazwischengefunkt.«

»Und was wollte sie?«, bohrt Maylin weiter.

»Mir sagen, dass sie nach einem Haus Ausschau halten, in dem auch unsere Praxis Platz findet … und in dem Sarah, Lea und ich jede ein eigenes Zimmer bekommen!«, verkündet Anna überglücklich. »Eigentlich spielen sie schon länger mit dem Gedanken, haben ihn aber immer wieder zur Seite geschoben. Erst durch Emelys Sturmfrei-Kommentar ist ihnen so richtig klar geworden, wie wichtig es für meine Schwestern und mich ist, dass wir getrennte Zimmer haben und ich nicht dauernd hin-und herziehen muss.«

»Wow!« Maylin strahlt mir ihr um die Wette. »Ich sag ja:

Der Familientausch hat sich echt gelohnt. Und jetzt erklär *du* bitte endlich mal, was es mit der neuen Blog-Aktion auf sich hat«, wendet sie sich an mich. »Vor lauter Geschwister-Trouble ist das nämlich völlig in den Hintergrund gerückt.«

Stimmt!

Während wir uns erneut in Bewegung setzen, erzähle ich Maylin von Annas Alte-Wollsachen-Sammeln und meiner Helfen-macht-glücklich-Idee.

»Noch sind es nicht viel mehr als Gedankenblitze«, erkläre ich. »Es gibt noch eine Menge zu überlegen und zu tun.«

»Kein Problem, das packen wir«, meint Maylin zuversichtlich.

»Klar«, sage ich. »Zu dritt werden wir das Ding schon schaukeln.«

Phineas und Teo hocken mit fünf Pappbechern, einer Flasche O-Saft und einer Tüte Salzbrezeln auf der Treppe.

»Bin gleich wieder da!«, stoße ich aus und stürme an ihnen vorbei nach oben.

»Wo willst du denn hin?«, fragt Teo.

»Missie H.«, antworte ich. »Ich muss Tanja fragen, ob meine Katze inzwischen wieder aufgetaucht ist.«

»Ist sie!«, ruft Phin mir zu. »Mam hat sie maunzend vor der Baumhauszimmertür gefunden, ihr einen Happs Leberwurst gegeben und sie auf dein Bett verfrachtet.«

Oh, Mann! Da fällt mir aber ein Stein vom Herzen!

»Wie jetzt?«, fragt Anna. »Missie H. war weg?«

»Sie ist entwischt, als ich hinter May her bin«, erkläre ich.

»Ich habe einfach nicht aufgepasst. Aber jetzt ist ja alles wieder gut.«

Ich habe es kaum ausgesprochen, da schwingt die Eingangstür auf und Pops tritt heraus. Er schleppt einen großen Eisenkorb mit sich, der geschwungene Füße hat und mit Holzstücken gefüllt ist.

»Was haltet ihr davon, wenn wir ein Feuer machen?«, schlägt er vor.

»Hier unten am Strand?«, frage ich.

Er nickt. »Genau.«

»Cool«, findet Anna und Maylin hüpft begeistert auf und ab.

Pops trägt den Korb nach unten und drückt Phineas eine Packung Streichhölzer in die Hand. »Ich nehme mal an, du weißt, wie man so etwas macht.«

»Klar doch«, erwidert Phin. Er springt auf die Füße und schlägt sich die Handkante gegen die Stirn.

»Notfalls kann ich ihm auch helfen«, meint Teo augenzwinkernd.

»Emely und ich holen inzwischen noch ein paar Klapphocker«, setzt Pops hinzu und zieht mich energisch mit sich die Treppe hinauf.

»Bist du noch sauer?«, frage ich ein wenig erschrocken. »Ich meine wegen der Momssache?«

»Nein«, erwidert mein Vater knapp. »War ich übrigens nie.« Er bleibt stehen, fasst mich bei den Schultern und sieht mich eindringlich an. »Hör zu, Emely. Die Dinge ändern sich. Das ist der normale Lauf des Lebens. Es gibt keinen Stillstand. Wäre ja auch langweilig, oder?«

»Sag doch einfach, was los ist, Pops«, ermuntere ich ihn.

»Okay.« Sein Blick schweift kurz ab, dann schaut er mir wieder in die Augen. »Tanja und ich haben uns ineinander verliebt. Deine Mutter weiß das. Und mir ist leider zu spät klar geworden, dass ich dir und Teo das ebenfalls längst hätte erzählen müssen. Deinem Bruder habe ich es übrigens bereits gesagt«, setzt er hastig hinzu. »Und zwar nicht, weil ich ihn bevorzuge … nur falls du das denkst … sondern, weil es sich einfach so ergeben hat.«

»Okay«, sage ich und sehe zu Phineas und Teo hinunter, die das Holz im Feuerkorb inzwischen in Brand gesteckt haben. »Dann habe ich jetzt also quasi zwei Brüder …«

Pops nickt. »Gewissermaßen … Was man natürlich als Nachteil betrachten könnte …«

»Muss man aber nicht«, erwidere ich und schmiege mich in seinen Arm. »Wie du eben selber schon meintest … Die Dinge ändern sich nun mal …«

Und so langsam finde ich sogar Gefallen daran. Der einzige Wermutstropfen ist Jona …

Verflucht!

Pops verschwindet durch die Pensionstür und ich stehe da, als hätte man mich an den Holzplanken festgenagelt. Noch ehe ich darüber nachdenken kann, halte ich mein Smartphone in der Hand. Mit dem nächsten Atemzug landet Jonathans Nummer auf dem Display und mit einem Daumen-Wisch ist die Verbindung hergestellt.

Tut … Tut … Tut …

»Garantiert wird er mich wegdrücken«, murmele ich. »Ich weiß, dass er mich wegdrück…

»Emely!«

Im ersten Moment kann ich nicht glauben, dass er es ist. Ich bin so erschrocken, seine Stimme zu hören, dass *ich* nun *ihn* beinahe aus der Leitung katapultiere.

»Em, ich bin so froh, dass du dich meldest«, stammelt er. »Ich hätte mich das nicht getraut … Nicht nachdem ich dir gesagt habe, dass es mit unserer Freundschaft vorbei ist.«

Ich erleide gleichzeitig einen Herz- und einen Atemstillstand.

»Du hättest mich nicht angerufen?«, stoße ich schließlich fassungslos hervor.

»N-nein.«

»Auch nicht gewhatsappt?«

»Nein, Em … es tut mir leid. Ich bin ein feiger Hund …«

»Allerdings, das bist du«, sage ich. »Und jetzt?«

»Keine Ahnung.« Jonas Stimme klingt ganz dünn. »Verzeihst du mir?«

»Glaub schon«, krächze ich. »Was ist denn mit Birke? Hast du mit ihr geredet?«

»Nein. Noch nicht«, erwidert Jona kleinlaut. »Aber das werde ich. Hoch und heiliges Versprechen!«

»Okaaay …«, sage ich gedehnt. »Wann?«

»Spätestens, wenn du von der Nordsee zurückkommst, weiß sie Bescheid«, schwört Jonathan.

»Gut.« Ich gebe mir alle Mühe, möglichst gelassen zu klingen, in mir drin findet jedoch gerade ein Trompetenkonzert statt. »Ich freue mich, dich wiederzusehen.«

»Und ich dich erst, Em!«, jubelt Jona. »Das glaubst du gar nicht.«

Doch, tu ich, denke ich mit einem fetten Grinsen im Gesicht.

Jetzt allerdings werde ich erst einmal mit Anna, May, Pops, Phin, Teo und Tanja die erste Hälfte der Sommerferien genießen.

Schröder, Patricia:
Lesegören
Emely – voll im Freundschaftschaos!
ISBN 978 3 522 50451 5

Einbandillustration: Carolin Liepins
Einbandlayout und -typografie: Maria Seidel
Innentypografie: Kadja Gericke
Reproduktion: Medienfabrik GmbH, Stuttgart
Druck und Bindung: GGP Media GmbH, Pößneck

FSC
www.fsc.org
MIX
Papier aus verantwortungsvollen Quellen
FSC® C014496